特 别 的

Sahara

女 生

Special

萨 哈 拉

［美］爱斯米·科德尔（Esmé Raji Codell） 著

海绵 译

湖南文艺出版社
HUNAN LITERATURE AND ART PUBLISHING HOUSE

博集天卷
CS-BOOKY

图书在版编目（CIP）数据

特别的女生萨哈拉 /（美）爱斯米·科德尔
（Esmé Raji Codell）著；海绵译 . — 长沙：湖南文
艺出版社 , 2019.5
　　书名原文：Sahara Special
　　ISBN 978-7-5404-9127-7

　　Ⅰ . ①特… Ⅱ . ①爱… ②海… Ⅲ . ①儿童小说—长
篇小说—美国—现代 Ⅳ . ① I712.84

中国版本图书馆 CIP 数据核字（2019）第 055906 号

著作权合同登记号：图字 25-2005-055

SAHARA SPECIAL by ESMÉ RAJI CODELL
This edition arranged with DISNEY PUBLISHING WORLDWIDE, INC.
through Big Apple Agency, Inc., Labuan, Malaysia.
Simplified Chinese edition copyright © 2019 China South Booky Culture Media Co.,Ltd
All rights reserved.

上架建议：畅销·儿童文学

TEBIE DE NÜSHENG SAHALA
特别的女生萨哈拉

作　　者：［美］爱斯米·科德尔（Esmé Raji Codell）
译　　者：海　绵
出 版 人：曾赛丰
责任编辑：薛　健　刘诗哲
监　　制：蔡明菲　邢越超
策划编辑：李彩萍
特约编辑：尹　晶　蔡文婷
版权支持：辛　艳　姚珊珊
营销支持：傅婷婷　文刀刀
封面设计：李　洁　利　锐
版式设计：李　洁
出版发行：湖南文艺出版社
　　　　　（长沙市雨花区东二环一段 508 号　邮编：410014）
网　　址：www.hnwy.net
印　　刷：北京中科印刷有限公司
经　　销：新华书店
开　　本：880mm×1270mm　1/32
字　　数：130 千字
印　　张：8
版　　次：2019 年 5 月第 1 版
印　　次：2019 年 5 月第 1 次印刷
书　　号：ISBN 978-7-5404-9127-7
定　　价：38.00 元

若有质量问题，请致电质量监督电话：010-59096394
团购电话：010-59320018

秘密行程里的绿荫

梅子涵

　　我想起很多年前，当我还是一个大学生时，在西部校园的那个阶梯教室里，用尽了心思写下的第一篇儿童小说，正是一个关于老师的故事。它得了奖，从此我就再也没有离开儿童文学，每一天兴致勃勃地写作、阅读，准备把它当成一生的事情。

　　儿童文学真是一种很特别的文学，你只要准备了写作它，你就会很容易变得温柔了。想象着自己也是一个很善良的人，不会愿意去复述生活里的很多凶狠，你就老指望自己去想出一个很美妙的故事，在一生里不见得会遇上的，可是任何的人阅读了，都会吃惊地发现，是自己想念过的，盼望过的，可是怎么竟然阅读到了以后，才发现自己想念过、盼望过呢！

　　从这个意思上说，儿童文学都是童话。是作家们在写着渴望，写着很久很久以后才可能出现的事情。就像我们现在要开始阅读

的这一个美国故事，也应该是属于渴望，是很久很久以后才可能出现的事情。不是女生萨哈拉的故事我们见不着，而是老师波迪让我们觉得该去哪儿寻找呢？我们恐怕不容易找到！

我以前写的那个老师姓马，这个故事里的老师叫波迪，她们都是女的。

她们都不是在一个个学校的教室里可能遇见的，可是有谁会认为她们是假的，不愿意去相信，拒绝那相信的喜悦和佩服？不会有人的！

这是一个没有父亲的女孩子在说自己的故事，说了没多久，一个老师出现了，于是这个女孩子在说自己的故事的时候，就非要不停地说这个老师的故事，说啊，说啊，老师的故事就把女孩子的故事渐渐地改变了，女孩子后来的感觉、心情、每天的日子、暗暗的愿望……全部都被照耀，成为明亮和快乐。同样的一个女孩，在故事的首尾间，已经完全不一样了。她不再是那个叫富兰克林·奥哈拉的诗里的"躲在草场角落里的孩子"，她有了合适的脚码，那么她就穿上水晶鞋了！

我写的那个老师的故事，也是让一个没有父亲的女孩子，有了合适的脚码，不再躲在草场的角落里，穿上了水晶鞋。——在儿童文学里，因为有着相似的渴望和善良，不约而同地各自写着灰姑娘的故事，这样的版本究竟会有多少！

可是会有很多人有信心地说，他的版本和这位叫科德尔的作家的版本水准也相似吗？

写老师的故事、学校的故事、教室的故事，那么我们就总能看见，有许多的情形、场面，几乎任何的版本都会叙述，去描写出来，谁想根本不叙述、不描写，那是做梦！

科德尔也一定是知道她没有必要做这个梦，所以她便根本不装扮杰出，而是平平常常地往那些情形和场面里走。这样，我们就看见了波迪让大家写日记。这是多少版本里都有过的灵感和寻常事！可是你知道吗？寻常的灵感寻常的方式，现在是一个杰出的人想到和运用了，那么喜出望外的效果就不是你可以料到的！不是喜出望外每一天写下了那几个字，真的有几个孩子果然就文字渐渐地杰出，眼看着已经基本就是个作家了，而是在那一个秘密的行程里，天真会有多少种绽放，那是童年在干干净净地对世界说话，童年既然没有在这秘密的行程入口写上🅿️，那么波迪就和他们打招呼了。这是一种有着庄重意味的接头和联络。他们在那头，你在这头。他们在童年的里头，你在童年的外头。童年不需要邮票，可是你的最合适的热情、最合适的语言是通往童年的邮票。他们小心翼翼，你需要最合适的热情；他们趾高气扬，你需要最合适的语言。波迪的头号难题德里也在这接头的另一端。当童年觉得这个世界不是他的，他因此气急败坏地朝着你喊："我是个孤儿"的时候，你最好还是时时刻刻要有这最合适的热情最合适的语言，那么你在童年面前就是最合适的人了！

故事结束的时候，难题德里虽然不再无理和疯狂，可是也没有成为富兰克林·奥哈拉的诗里的那最后的"中心"，已经可以

让我们当成诗篇来抒情地朗诵。德里的路途还有些模糊地向着远处伸去，可是波迪的智慧和教养让我们看见了她栽种的绿荫，一条小路弯弯曲曲，绿荫已经在它的上方！小路只要哪一天抬头看见绿荫，小路就总会想起把绿荫栽下的人。

波迪也讲故事。最普通的伊索寓言，最迷离的那个踩着露珠去学校的很老的老师……那个男孩，那一只鸟，那个苹果，那个女孩。所有的故事都让那些学生们跟拥了进去，所有的故事也都是波迪在重新告诉我们一次"意味深长"这个词的意思；"理解"这个词的意思；"阅读"这个词的意思；"启发"这个词的意思；"讲台"这个词的意思；"老师"这个词的意思；"无穷无尽"这个词的意思。

还有别的很多意思。

当我们听到那个很老的老师后来消失了，那只小鸟飞来了，那个男孩给它吃苹果；那匹马也来吃了苹果；那个小女孩把苹果给了已经长大成人的小男孩吃……我们已经清楚，这个写老师的故事、表示着渴望的童话，是个不用丈量，就可以分明看得出有多少高度的文学！

有一个书评里这样写道："这本书写的不是什么奇人奇事，但是它本身却很神奇。"这是很准确的赞赏。

很多年前，我写下了那个老师的故事，就再没有离开这温柔和美妙的儿童文学，直到今天渐渐地就著名了起来。可是每当我阅读完一本这样的杰作，仰起头看它的高度，我就很愉快地又知道了自己的写作还是在怎样的一个低处！知道自己不在一个高处，是一件很愉快的事情呢！

我们的很多写这一类故事的版本也远不是在这样的高度！

还有我们的许多许多的当着老师的人们！

所以，我想说，这一个美国的故事，这一本书，是推荐给中国的孩子们的，希望他们中的任何一个人，都不要在童年的时候因为任何的原因而"躲在草场的角落"，大声地喊："我是个孤儿！"可是我接着就迫不及待地想说，它也是推荐给中国的儿童文学作家，中国的小学和中学老师们的！

我们都愉快地读一读。

我们就都愉快地看见了高处，我们可以往那儿走去！

往高处走去多好。

书页上的最后一句话是：于是，这成了"额外的奖赏"。

于是，这也就成了我们阅读的"额外的奖赏"。

梅子涵

著名儿童文学作家，上海师范大学教授，博士生导师。中国儿童文学阅读第一推进者、儿童文学经典阅读的"点灯人"。出版有多种儿童文学作品和关于儿童文学阅读的著作，如《马老师喜欢的》《女儿的故事》《戴小桥和他的哥们儿》《阅读儿童文学》《相信童话》等。

痛苦生活？精彩历险！

张曼娟

看见这个特别女生萨哈拉的时候，我像是看见了小时候的自己。

特别孤独、特别安静、荒芜得像是广袤的沙漠一样。但，那些温柔起伏的沙丘，证明了这里曾经有水流动，留下的是水波的痕迹。

自从开办了"张曼娟小学堂"的课程，便与许多的萨哈拉相遇了，也不可避免地与苦恼的家长狭路相逢，他们总是锁着眉头，忍不住地抱怨："我真的搞不懂他(她)在想什么？不管我多么努力，他(她)的想法总是那么悲观负面……"我彷佛听见萨哈拉的妈妈压抑着低声地说："你到底想要我怎么样？……我已经尽力……"彷佛我也听见许多年前，我的父母亲无可奈何的声音，那么低抑，那么忍耐，那么无助。

"一个古怪的孩子"，被贴上这个标签，是很难摆脱的。我的学生们并不想这样；萨哈拉不想这样；我也不想这样，但，一旦被拣选，便开始了痛苦生活。

萨哈拉的父亲给了她一个独特的名字，却也遗弃了她和她母亲，萨哈拉变得退缩自闭，却不断给父亲写信。"亲爱的爸爸：你什么时候回家？""亲爱的爸爸：为什么你不带我一起走？""亲爱的爸爸：今天是我的生日，我许的愿是希望你能回来，但是你没有。""亲爱的爸爸：我觉得我心上裂了一个洞。"

学校把萨哈拉当成需要辅导的特别学生，使她更为孤独；妈妈希望她能带朋友到餐厅去吃煎饼，但她根本连一个朋友都没有。所幸，她喜欢图书馆，喜欢阅读，她相信自己将来会成为一个作家。

更幸运的是，她遇见一位神奇的好老师，波迪小姐。这位老师不在意学生的过往"记录"；准备了一个篮子在教室门口搜集大家的烦恼，让他们走进教室时都是轻松喜乐的；她发日记本给大家，鼓励大家跟她说话，说什么都好；她对他们讲故事，自己编的故事，让孩子们看见未来的可能与美好。

最重要的是，她相信孩子的梦想。哪怕萨哈拉的日记本里什么都不写，她还是相信萨哈拉会成为作家，因为萨哈拉是这么说的。

如果没有足够的等待，教育哪里也到不了。

波迪小姐愿意等待。当我成为小孩子的老师，我也一直在等待。不肯写作的孩子，为了我的等待，终于写出动人的文章；缺乏自信的孩子，因为我的等待，终于找到自己的动力与才华。

而那些孤独啊、误解啊、失败啊、创伤啊，生活里的痛苦泉源，再度回首，都成了高潮迭起的历险了。如果没有这些历险，哪来的勇气？哪来的见识？哪来的与众不同？

当萨哈拉邀请好朋友去餐厅吃煎饼蛋糕；当老师同学都相信她会成为一个作家；当班上最桀骜不驯的男生将她视为朋友，当她慢慢长大。我想问她：萨哈拉！你想当个不特别的女生吗？你想换一个不痛苦的童年吗？

我相信，她会说，我一点也不想。带着微笑这么说。谁想把珍贵无价的精彩历险，换成平凡无奇的生活呢？

我也不想。

·············· **张曼娟** ··············

中国文学博士与教授，在大学教书逾二十年，出版《海水正蓝》等作品集，为畅销书与长销书作家。2005年夏天在台湾成立私塾"张曼娟小学堂"，带领孩子阅读经典与创作，将她体会的中国语文与创作的神妙经验，与孩子分享，期望能点亮孩子眼瞳中的火花，更要燃起孩子生命里的光亮。

目录
CONTENTS

特别的女生
萨哈拉

CHAPTER 1

我和德里

你问我为什么要写那些信？没处可寄的信？因为我写信的时候会觉得舒服一些，也会觉得自己很蠢，我知道没人会看这些信，所以我把它们藏在我的课桌里。我写了什么？

亲爱的爸爸，

你好吗？我好想你，特别想你，我一直爱你，永远爱你，你知道吗？

有时我写"你什么时候才回家呢？"有时我写"你到底还会不会回家来看我了呢？"有时又写"回来吧，爸爸！"有时也写"你为什么不要我了？"

不过我的课桌很乱，我真不该让课桌那么乱。

有一天这些信突然从课桌里掉了出来，掉在我的腿上，脚边，还有老师的眼皮底下。我捡回了一些，但大部分都跑到史丁校长那里去了。最糟的是，我一进史丁校长的办公室，就看见妈妈在读那些信，妈妈的脸色难看极了，就好像信上写的都是坏透了的消息。

难道她认为我爱爸爸就不爱她了吗？突然我觉得晕晕的，脚底下也轻飘飘的，像要倒下似的。

但是我没有倒下而是噘着嘴一个劲地生气，他们怎么可以乱看别人的信？难道没有法律来管他们吗？

史丁先生拿出了一大堆的文件，全是关于我在学校表现的记录，但我其实并不在记录里。因为上面没有写我和妈妈常常去书店，也没写我可以挑选各种各样的书，不管多贵，妈妈都会大方地掏钱。虽然我和妈妈没有很多的钞票，但是妈妈在买书的时候永远不会犹豫，即使是掏出一张很"大"的钱，她的眼睛也不会多眨一下，就好像这些书和面包牛奶一样，是生活中不能缺少的，我喜欢妈妈这种勇敢的神情。有时，我也在图书馆里挑书，那里会便宜一些。如果妈妈晚上下班后不是很

累，她会给我读书里的故事，我就静静地躺在妈妈的怀里，这个时候，我觉得妈妈是世界上最好的老师，而我是世界上最棒的学生。可是这些，史丁先生的记录里都没有。

妈妈看着那些纸片儿，脸色越来越差。我真想找个地洞钻进去，或者穿上一件隐身衣让人看不到。你看那都是些什么啊？做得乱七八糟的作业，还有一些是根本没完成的习题，还有日记，爸爸走后我根本没有心情写什么日记，所以我的日记看起来又潦草又简短。

为什么上三年级时我不能把作业写得工整点？为什么我不能完成四年级的作业？我眼看着史丁先生又把我的信塞回到那个大柜子里面。柜门关上的时候发出刺耳的金属摩擦声。它一定很高兴，因为它的肚子里装满了证据！只要史丁先生想要，它就随时吐出这些证据，证明我是个大笨蛋！

当我们走出史丁先生的办公室的时候，妈妈用一种很低的声音说道："你到底想要我怎么样，啊？对不起，我没能留住爸爸！真的对不起，可是我已经尽力了。难道离婚的女人就应该受到惩罚？难道离婚女人的孩子就必须接受特别教育？"

我想跟她说："妈妈，我不怪你，我不是也没留住爸爸吗？"可是我知道这个时候我最好闭嘴。

"别再想你爸爸了，行吗？"妈妈的声音突然变大，但立刻又软下来。"哦，对不起，我不该跟你这么大声地说话，我的意思是，你会做好你的作业，证明给他们看，他们错了，你是个聪明的孩子，对吗，宝贝？"

我盯着妈妈，却一个字也没说。我知道这样很坏，而且妈妈会更生气，但是说谎更坏，不是吗？我为什么要做作业？做给谁看？不管我是做还是不做，做得好还是不好，他们只是拿我的作业去喂那个大柜子！大柜子的肚子一旦装满了我的作业，他们又会叫妈妈来看我的成绩有多糟，妈妈又会伤心了，不是吗？所以，我再也不会给那个大柜子喂任何的东西了，决不！

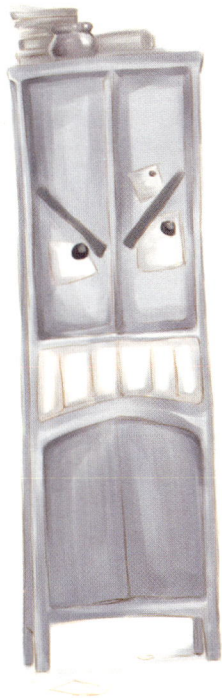

　　妈妈看着我，我知道她快气疯了！我甚至认为她会给我长这么大以来的第一记耳光，但是她没有。她只是脚步很重地走开了。当两个人都很气愤的时候，往往会有一个惊叹号似的结尾，比如一记耳光，这是电视里常演的。但是妈妈没有。我只听见妈妈的鞋跟重重地落在大厅的大理石地板上，发出难听的"嗒，嗒，嗒……"像一连串的省略号，像是告诉我，我的痛苦将会没完没了。

　　由于我那些奇怪的信，校长认为有必要由专人来负责我的特别教育。不知道特别教育？让我来告诉你吧！就是你和一位特别辅导员坐在学校的大厅里，在大家的眼皮底下装模作样地做一些练习啊、游戏啊之类的无聊事情。那种感觉就像自己是街上的流浪者。人们从你的身边走过，装得好像根本没看到你。但是只要他们走过去几步，就会疯狂地联想："她为什么坐在这个鬼地方，而不是在舒服的教室里和大家在一起？因为笨，还是倒霉？要么就是因为大家都讨厌她！"而我最怕的是同班的同学在去厕所的路上看见我，他们冲我吹口哨，还大声喊"特别的萨哈拉！"，他们说特别这两个字时可不是像说"特别的明星""特别的公主"那个羡慕的意思，完全是相反的。我假装听不见，其实我听见了，我全听见了。不只我的耳朵听见了，我的脸蛋儿也听见了，所以我脸红了；我的眼睛也听见了，所以我呆呆地盯着墙壁，盯着膝盖，盯着鞋子；我的指甲听见了，所以我拼命地啃它们；我的皮肤，我的骨头，我的血液都听见了！

"特别的萨哈拉！"

我的特别辅导员告诉过我她的名字，第一次我们见面时就告诉过，可是我很快就忘了！一天天过去了，我根本不知道她叫什么，也不敢问她。无所谓，我心里管她叫碧丝，而实际上我从来没叫过她。碧丝有时在大厅里跟我玩识字游戏，声音温柔得就像在和一个布娃娃玩过家家！我大部分时间是不跟她讲话的，也不理她。因为我不喜欢她，非常不喜欢。她有的时候问我做完作业了吗？我就装听不见。她又说，要珍惜时间，把事情做好。"你不觉得那样的话，我们的日子都会好过一些吗？"

我点头表示同意，她说得对。如果我真的是街边的流浪儿，我会非常高兴的，高兴到要用中午学校发的牛奶来举杯庆祝！当然那些牛奶只是装在褐色的纸袋里。我的祝"奶"词就是"让让让我们们们珍惜时时时间，好好好做事事事吧！"

我忍不住笑出声来！

"什么这么好笑？"

我耸耸肩，一副无辜的样子。她当然不会觉得好笑，她根本没笑过。碧丝肯定会把刚才的事情记录下来，比如"无缘无故地发笑，觉得好好做事是个很可笑的说法！"

碧丝一看就是"好好做事"的人，我打赌她一辈子都没掉过东西，尤其是从课桌里。

然后她问我有什么要跟她说的，我说没有，她就淡淡一笑，又恢复了那张永远都一个表情的脸。

有时德里·赛克斯会和我们一起上课。我想，他可能从恐龙时代就开始接受特别教育了。好吧，没那么夸张，可至少也是从建国那天就开始了。他一年级的时候就踢断了一个老师的脚骨。三年级的时候长高了，终于可以打老师的鼻子了，于是一位老师又倒霉了。虽然这都是听别人说的，但是上帝知道是不是真的！妈妈说看书不能只看它的封面，如果德里也是一本书的话，书名一定是《犯罪故事集》。德里从来不跟我说话，也从来不看我，我觉得挺好，至少挺绅士，再说我也是这样对待他的。

德里对碧丝的态度跟我大不一样，只要他认为碧丝打扰到他睡觉了，就会特别激动地吼叫。如果我们玩识字游戏轮到德里问问题了，他就问碧丝："你结婚了吗？"还一脸认真的表情！有的时候他会突然把桌上所有的东西撒在地上，然后大声地骂人！

"恐怕我得给你妈妈打个电话！"碧丝每次都很平静地这么说。

"打吧！你以为我怕你！你去打呀！"德里声音大得不得了，"你以为我妈在乎啊！她要是在乎我，我会在这个鬼地方和你这个弱智玩这种白痴游戏？"

我把这些告诉了妈妈，还跟她讲德里有多有趣。第二天妈妈又来到了学校。"我不想让萨哈拉再接受什么特别教育了！"她坚定地说，"不管你们怎么说，我不会让我的孩子在大厅里和一个疯子一起上课！"

"他不是疯子，"史丁先生更正，"他是个有特别需要的正常人！"

"特别需要？"妈妈激动起来，"他唯一的特别需要就是发疯，随时。我女儿不能和他在一起。他连老师都打，你们怎么保证我女儿的安全？"

"妈妈，我只是听别人说的，"我拉了拉妈妈的袖子，"你不是说，别光看书的封……"但是妈妈甩开了我的手。

"你女儿现在的确需要特别照顾。"史丁先生像是在提醒妈妈，碧丝小姐也跟着点头，不过，她说："我们也许该问问萨哈拉的意见！"

"这时候想起来问萨哈拉的意见了？"妈妈扭动着身体想坐得舒服点，她在咳嗽，边咳边笑，"好了，我没有太多的时间，她能应付五年级的功课。她在家读很多书，也写很多东西，对吧？！"她不像是在问，而更像是在责备，所以我把头

低到不能再低。妈妈突然回过头，冲我大声说："萨哈拉，告诉他们你喜欢写东西！"

　　妈妈说的全都是实话。在家的时候，我既读东西也写东西，但是不管我写什么，我都会只让自己看到。我如果写在本子上，就把这页撕下来。我把所有写的东西，每一页都放在了公共图书馆的 940 区。这是属于我的地方，没有别的书摆在这个区，只有我的"书"。总有一天，会有人在 940 区发现一本落满尘土的"书"，作者萨哈拉·琼斯，秘密作家。书名就叫《我的痛苦生活和精彩历险》。总有一天，他们会喜欢我写的东西，会认为我是一个真正的作家，因为我在书里记下了上学以来的每一点每一滴。虽然开心的事并不多，但是我要坚持，我相信我最终会遇到一场"精彩历险"的！我想除非我出水痘、去拔牙，或者去参加葬礼什么的，否则我是不会停下笔来的。

"是的，我喜欢。"我勉强从牙缝里挤出一句话。

妈妈自豪地一拍大腿，好像在说："你看！"

史丁先生盯着门看了好一会儿，冒出一句："对，喜欢写信！"

不，才不只是信！我想告诉他们，才不是那些笨到家的信，那些自己长脚会从课桌里钻出来的讨厌的信！

"我能拿回那些信吗？"我尽量让自己听起来像个乖孩子。

"萨哈拉，你说你喜欢写东西，我们总得保留点什么来证明这一点啊！"史丁先生虽然是微笑着说，但是我觉得他根本不是真的想笑。

"反正，从你学校的作业中是看不出来的。那好，你喜欢写，你写过什么？写的东西在哪儿？你在学校里可从来没写过什么！"

"你说她在学校不做作业？好，行使你的权力吧！让她留级，像一个正常孩子那样，留级！这比在大厅里当怪物给人家参观要好！"

"这可是一个相当严肃的决定，而且……"

"得了，得了！"妈妈这时显得很粗鲁。

最后他们同意我留级。"记住，女士，是你主动要求的！"于是他们让妈妈在一张又一张的纸上开始签字。

门关上了，我和妈妈站在办公室门口。我知道史丁先生和碧丝女士一定在门的那一边议论我的妈妈。他们会说这个妈妈怎么宁愿孩子留级也不让她接受特别帮助？但是我看见妈妈在微笑，我真为她骄傲，她是个勇敢的妈妈，因为她敢于面对失败。和妈妈相比，我真是个胆小鬼，我宁愿不尝试也不想失败。也许别人认为我很笨，但是我知道我不笨，这就够了。我知道妈妈也认为我不笨，所以，我真的很高兴。

我在回到教室的路上看见了还坐在厅里的德里，他在等着碧丝小姐给他"特别教育"。当然，实际上他是在给鞋子画一个黑乎乎的标志，而不是真的在等谁。他没看我，我也没看他，但是我心里却在说："谢谢你，德里，谢谢你的粗鲁，谢谢你的乱七八糟。你让我从痛苦中解脱出来了，你让我又成了一个正常的孩子，虽然，是个正常的笨孩子，但我至少不是特别的萨哈拉了，我欠你一次！德里！"

但是我实在想不出来怎么才能报答德里的"帮助"！

特别的女生
萨哈拉

CHAPTER 2

我的理想

　　每次放学回到家，妈妈总是问我有没有交到新的朋友，要不要带他们去她的餐厅吃饭？天天如此。虽然她知道我的好朋友永远都只有一个：我的表妹，瑞秋·维尔斯。

　　瑞秋比我小一岁，她的声音就像树叶飘落般轻而温柔，而且总是慢慢的。她说话的时候总是盯着自己的脚指头，即使是她告诉你昨晚吃了什么，脸也会红得像水果摊上的苹果，仿佛在说她今天没穿内衣。

　　瑞秋本来和她的爸爸、妈妈、小弟弟弗雷迪一起搬走了，但是，现在又回来了，不过跟她一起回来的只有她的妈妈和弟弟。于是，一下子我妈妈和她妈妈就好像总是有说不完的话。瑞秋和爸爸是同时离开我的，但是还好，瑞秋回来了。

这是她成为我最好的朋友的第一大理由！

学校里有些女孩认为瑞秋是装"清高"，但是我知道瑞秋不是。害羞的女孩怎么会装清高呢？她们总是更在意人们的想法，就好像他们是在冰上小心翼翼地走，而人们的眼光就是冰面。当然，害羞的朋友也有不好的地方，他们总是什么事都让你先开口，你开口说了问了，他们的回答又只不过一两个字。这就是为什么她用了那么长时间才和我们玩到一起。比如，我们跳绳，每次我都不得不特意地叫她：

"瑞秋，快啊，到你了，跳啊！"

可是她不跳，你叫多长时间也没用。直到现在也是，她让别人跳，她摇绳。所以，理由之二就是，和她在一起，我要照顾她！

理由之三嘛，就是她是唯一一个知道我真正理想的人。

但是，目前还没有人看到过我的"真正理想"！当然也没人相信我，我见过，就一秒钟，但我相信我的理想能实现。

我是从水晶球里看到的。好吧，我承认不是水晶球，只是一个翻个儿的金鱼缸。当时正是大夏天，我和瑞秋在厨房的桌旁玩腻了算命游戏，就开始盯着一个不用的金鱼缸发呆。

"你看见什么了？"我问瑞秋。

"什么也没看见！"她耸了耸肩。

我等着她再问我同样的问题，这是基本的礼貌，但很显然瑞秋并不这么想。她什么也不说，我等烦了，只好说：

"知道我看见什么了吗？"

"什么？"

"什么也没看见！"我一脸坏笑。其实我看到了，至少鱼缸上反射着我自己的影子。我突然认真起来，"不，等等，我看到了！"我向瑞秋宣布，"我将成为一名作家。"

"你？"她拢了拢额头前的刘海儿，摇了摇头。

"什么意思？"

"像那种真正的作家？写书的？图书馆放着的那些书？"

"对，对，就是那样！"我听到她提到图书馆，又兴奋又紧张。

"那你写什么呢？"

"呃，写事情呗！"

"什么事情？"

"什么事情？每天做的事情，有意思的事情啊！"

她像看家庭作业那样看着我："每天做的事情不是有意思的事情！"她指出，她把纸牌洗了又洗，"写作太难了！"

"你怎么知道，你又没试过？！"

"我没试过，是因为太难了。除非有人逼我写书，否则我一辈子都写不出来。我——没——兴——趣！"

"我逼我自己写！"我说，"我有兴趣，我将成为有史以来，这个城市最年轻的作家，你等着瞧吧！”

瑞秋深深地看着我，就好像我的眼睛里泛着密歇根湖水的碧波。我微笑着，希望她能看出些令人兴奋的好事情。可她眨了眨眼，皱起了眉头。不，应该说，她只看到了我褐色的眼睛——它们像砖块，似高楼——那片湖、那些澎湃汹涌的激情和力量，都隐藏在它们后面。它们静静伫立，就像那些放在壁橱里的盒子，里面藏着神秘的生日礼物，或者大人们不想让我们知道的其他惊喜。但是我知道一定有让人兴奋的东西，只是它们现在悄悄地藏了起来，早晚我会找到它们的。

“萨哈拉，那你今年最好能遇上一位好老师。”瑞秋一副警告的口气。好像有个好老师就一定能怎么样似的。真不明白，她干吗要做出一副大人的口气和我说话呢？

“嘿，我需要支持，”我扫了她一眼。瑞秋肯定认为没什么好事可以预测，所以来回理着手里的牌，最后她抽出了一张黑桃A。“天哪，

瑞秋。你难道之前就没许过什么愿吗？"

"哦……我希望扔掉讨厌的眼镜，希望别老对着小不点弗雷迪。嗯，还有就是，我想我不会介意有位大作家表姐吧！"她边说边拿走了我手里的红桃 2。

每周我都会带一大堆书回家。通常我都待在家里，因为我家附近的街道有点混乱。有时候，妈妈让我跑腿去小卖部买什么东西，都会一直从窗户里看着我。我看到罗斯太太也常向外张望，她是个小老太太，顶着一头银发，看上去就像窗台上的一盆花，而且只比窗台花箱高那么一丁点。我不喜欢那些坐在汽车里、或者在街上酗酒的男人，还有那帮呼啸而过的摩托车手，他们总放着超重低音，都快能把我补牙的填充物震下来了。冬天时，瑞秋和我会在离家不远的地方滑冰；到了夏天，瑞秋就会去克罗地亚·卡邦库尔家的大院子里玩。克罗地亚没邀请我，我对自己说，那是因为我不像他们那么乳臭未干，而且我才不会为这种事情感到失落呢。何况，我根本就不喜欢克罗地亚。瑞秋以前故意丢过三次眼镜，就因为克罗地亚说名模们绝不会在鼻梁上架上一副眼镜。所以有次我去看牙医时，专门从候诊室那儿借了本《17 岁》，我给里面所有的女孩都画了副眼镜。瑞秋知道后哈哈大笑，但她还是竭力模仿克罗地亚，做什么都听她的。比如说，克罗地亚的妈妈允许女儿化妆，瑞秋就会使劲抱怨她只能在周日涂唇膏。嘿，坦白说，我也觉得自己化妆后更好看，所以我问妈妈我能不能也在周日化妆。

妈妈却信誓旦旦地说："你这个年纪的女孩子化妆，只有一个理由。要么她是摇滚歌手，要么是妓女。你要是希望自己成为这方面的人才，那我们立刻就到塔吉特百货公司去，你需要什么咱们就买什么。还有，你还没告诉阿姨我是怎么说的吗？她对瑞秋怎么做那是她的事，我只是觉得懂事的女孩才是最可爱的。"

"谁会这么觉得啊？"

"谁？上帝啊。当你去教堂时，不是参加时装表演。你是什么样就是什么样。"妈妈拥抱了我一下。我想，要是让妈妈把她的好朋友罗列一个名单的话，我没准排在第一位呢。

但在瑞秋那里，克罗地亚才是她排在第一位的朋友。克罗地亚来找瑞秋时，他们喜欢坐在户外。当男孩子走过和克罗地亚打招呼时，她也会和他们打招呼。瑞秋虽然不会主动打招呼，却会做出忙着照料小弟弟的样子，或是露出"哦，我不知

道该怎么做"的尴尬笑容。我咂咂嘴，决定教教她。

"你干吗不和他们打招呼？" 克罗地亚有次这么问我。

"我不认识他们。"

"他们都很友善。"

"那跟我有什么关系。"

"这就是你为什么没朋友的原因。"克罗地亚得意地说。

"我有朋友。"

"哦，是吗，谁啊？"

"碧珠丝·昆比。"

"这名字可真够怪的。"克罗地亚说。

"卡邦库尔听上去也很奇怪，" 我说，"你要是不取笑别人的名字，你的朋友或许会更多。来，瑞秋，我们上楼。"

我拉着瑞秋一直走到楼梯间，才低声对她说："别和陌生人说话。如果他们招惹我们，咱们可没爸爸出来撑腰。"

瑞秋点了点头，若有所思地问我："碧珠丝是谁啊？"

"你搬走后我新认识的朋友，可等你搬回来后，她又搬走了。"

瑞秋对阅读毫无兴趣。她喜欢看电视，她的小弟弟弗雷迪也这样。当电视上脱口秀节目里的人撕打在一起时，他也在游戏围栏里蹦蹦跳跳的。有时，我会去妈妈的房间，但大多时候我在自己的房间里待着。妈妈说她去上班时，只要我锁好门就不管我。我打开所有窗户，微风和音乐从冰激凌货车那儿一直飘来，掀开窗帘，溢满全屋。我喜欢躺在床上，脚蹬着墙看书；我会满屋里绕着滑旱冰，直到马丁内兹先生用扫帚猛戳天花板抗议为止；我会在笔记本上写出心里那些句子，然后将它们撕下来带到图书馆去；午餐我自己弄，通常是甜玉米配烤热狗。我按爸爸说的那样，用叉子扎住热狗，举到燃气灶上，就像用真正的篝火，一直烤到热狗的表皮发黑。对了，爸爸做的菜很香，他还在外面当了一阵子厨师呢。爸爸什么都会做，他喜欢尝试新东西。

　　一直都是新东西。

特别的女生
萨哈拉

CHAPTER **3**

图书馆女孩

　　妈妈总是希望能在星期六上午跟别人换班，上午餐厅的人多小费也会多点。我也喜欢，因为这样她就可以开车把我送到图书馆，然后我就能在图书馆度过一整天！下午妈妈再来接我去她的餐厅，我又可以吃到好吃的煎饼。图书馆的空调开得好大，每次去我都带一件外套，即使是这样，一进去的时候还是会被冻得一身鸡皮疙瘩！我喜欢坐在图书管理员旁边，就像我在公共汽车上喜欢坐在司机旁边，我会感到安全。

　　图书管理员见到我会用微笑跟我打招呼，但是并不和我说话，好像他们认为一个笑容已经足够了！好在我并不生气。图书馆里摆放的都是光滑的棕色的木头桌子和棕色的靠背椅子，我喜欢它们，我喜欢坐在这里写我的书。我也看书，最喜欢的是贝弗利·克利尔的《罗玛娜》。我看书的时候，仿佛外面的世界已经不复存在了，我只生活在罗玛娜的世界里。罗玛娜有爸爸，她的爸爸和妈妈有时也吵架，但是他们没有分手，这本书我读了两遍，但是结局还是一样的，他们没有离婚。故事就是这样，快乐的结局人人都喜欢，所以没有必要去改变它！

有时候，书上会有作者的照片。看看写书的人长得什么样特别有意思，尤其是你读完了这本书之后看着他们冲你微笑。有的时候，作者比我想象的要老，有的时候她或他的肤色跟我想的也不一样。有的时候书上没有作者的照片，只说他和他的狗住在曼哈顿之类的无聊事情，其实也许作者想说些别的什么。一本本书摆在书架上就像一个个作家站在我面前，等着和我聊天。总有一天，我的书也会摆在这上面，我的书也会说话。

总会有一些人固定地在星期六出现在图书馆里，大部分都是一些带着孩子或婴儿的妈妈。但是我发现有一个跟我差不多大的女孩也常常出现在那里。她总是扎着马尾辫，但是她的头发卷得太厉害了，所以辫子显得又蓬又好笑。在她左眼眉稍微往上一点的地方有一块疤，所以她看起来总是很严肃，即使是笑的时候也很严肃。她很瘦，她的两个哥哥虽然看起来比她

大很多但是也很瘦，他们总是守在她身边，但是在她挑书的时候却从来不去打扰她。她总是去"艺术雕刻"区挑书，有时候也来我这边看书，我盯着她看，既兴奋又紧张，不知道如果她发现了我的"书"的话，我该怎么办，但是她没发现。她把书拿下来，然后盘腿坐在地上读。每拿出一本书她就用铅笔在书架上做一个记号，这样就可以把书安全地放回到原来的位置上，我想，她应该很会收拾东西。

有一次我正盯着她看，她突然抬起头来，和我对视。我紧张得都快要死了，但是她的眼神很平静。

"嗨！"她说。

我冲她挥了挥手，尽管她就在我面前很近的地方。

"你看起来很面熟！"然后她用手点着嘴唇好像在回想是在哪里见过我。在学校的大厅吧，我想。一想到她可能曾经看见我傻傻地坐在大厅里学习，我的脸就变得通红，不知道该说什么，甚至都不知道该往哪儿看。好在最后她耸了耸肩，放弃了回想。"你也常来吧？"她说。

"嗯！"我回答得尽可能简单。

"我也是！"她笑道，"我妈妈让我哥哥们带我来的。

　　她希望他们能多读点书，可是他俩谁都不爱看书，什么都不看，就等着我看完然后把我送回家，时不时地还捣乱，弄得管理员生气极了，呵呵。"她说着说着就笑起来，我也跟着笑起来。

　　"我叫巴黎！"她说。

　　"是那个城市名？"

　　"不，是人名！"她回头看了看她的两个哥哥，他们好像给她做了一个什么秘密手势，她突然说，"好吧，我们下次见！"说着就跑到他们那里去了。

回家后，我总是忍不住想起巴黎，然后想象着下次和她说话的内容。

"我叫萨哈拉……是人名，不是沙漠名！"

"哦，你也喜欢看书吗？"

……

"我也喜欢！你喜欢看什么书？"

……

"我也喜欢！我喜欢你的发型！你怎么弄的？"

……

"当然，我愿意去你家玩！先让我问问我妈妈。"

……

"跟谁说话呢，亲爱的？"妈妈在厨房里冲我喊，我这才注意到我自言自语的声音太大了。

"没谁！"我回答，又冲着空气问了几个问题，空气冲着我又回答了几个问题。当然，这次只在心里面悄悄地问，没出声。我想把巴黎带到妈妈上班的餐厅去吃东西。我想象我们俩就坐在吧台前的高脚凳上，酷极了。我们面前摆着一大摞的煎饼，天，我甚至都想象得出来妈妈看见巴黎时的快乐表情，她一定会说："我喜欢你的新朋友，亲爱的！"想着想着我笑出了声。

我们第二次见面，还是在周六，和巴黎一起来的只有她的一个哥哥，不过有一个西班牙长相的女孩也跟着她来了。也许她不是西班牙人，但是至少她长得很像，她的头发黑黑的，穿着一件上面有蝴蝶结的裙子。她俩一起在桌旁看着一本讲烹饪的书。我跟自己说，上去跟她们打招呼！快去啊！快！我就坐在她们后面，离她们很近很近。她们起身要走的时候，巴黎突然看见了躲在角落里的我。"嗨，你好！"她高兴地跟我打招呼，"刚才我还一直在找你呢，说你今天怎么没来，原来你在这儿！"

真的吗？我激动地想，但是嘴上却只说了一句简单的"嗨！"

"你没看见我？"她问道。

这个问题让我一下子没有准备，"没有！"于是我撒了谎。她看着我，怀里的那本烹饪书抵着她的下巴，好像在做什么重要的决定。

我把眼光从她身上挪开，假装继续读我手里的书。"谁

在乎你是不是在找我？继续读你的破烹饪书吧！"

但是她没有走，站在那里盯着我看了半天。她的朋友就耐心地在走廊里等她，她们等什么呢？

"嗯，那再见吧！"最后她说。

"再见！"我说。

她走了。

我呆在座位上，翻着面前的一摞书，翻过来翻过去，奇怪，我一点也不想接着看这些书了。

特别的女生
莎哈拉

CHAPTER ④

每天都是新的

"开学你紧张吗？"开学前一天的晚上妈妈问我。她正在水池边洗土豆，我在餐桌旁给我的花生三明治包好锡纸。

　　"不，没什么可紧张的！我挺高兴的。"我回答。

　　我说的是实话，想着可以和瑞秋在一个班上上课，想着不用在大厅里接受"特别教育"，我的确非常高兴。

　　"对，你应该高兴！不留级你才不高兴呢！"妈妈回头看了我一眼，眼光中到底是什么我不知道，只是感觉全身都难过起来。也许，能和瑞秋一个班读书或者不再当"特别的萨哈拉"，对妈妈来说并不值得那么高兴。我慢吞吞地用锡纸包好我的三明治，然后把它放进我的书包里。

　　"萨哈拉，你读了那么多的书。"妈妈说这些话的时候甚至都没有抬头，她只盯着手里的土豆，一片一片把它们的皮使劲地削掉，就好像那些不是土豆，而是我的屁股。"浪费，简直就是浪费。萨哈拉啊，你说是不是，是不是浪费，啊？你读了那么多书有什么用啊，有什么用？你照样还是要留级，你本来那么聪明，你……唉，竟然留级，我真搞不懂你到底在想些什么！"

然后她突然又转过头看着我，腮帮子因为生气而变得鼓鼓的，像气吹起来的一样。然后，她在厨房里走来走去，最后又回到水池边，狠狠地拿起土豆又开始削起来，好像土豆皮把那个令她骄傲的女儿盖在底下了。可是土豆皮削掉了，我还是要留级。我紧紧地抓着书包，看着收拾得很干净的餐桌对自己说："收拾好东西，妈妈就会高兴一点的，别担心，别担心！"

"我想出去走走！"说出这样的话连我自己都吓了一跳。

"出去？不行！"妈妈说，"你想上哪儿去？"

"天还亮着呢！"我没等她说什么就走出了房间，跑下楼，把门摔在身后。我听见妈妈在叫我，可我没停。

我朝街角的那个商店走去，转过了那个弯，我知道妈妈从家里的窗子里看不见我了，我也知道我把妈妈气坏了。

　　我一离开妈妈的视线就停住了脚步。我坐在一户人家的院子前面，把头埋在两腿间，哭了起来。

　　妈妈很快就赶来了，她从身后紧紧地搂住了我。

　　她叹了口气，说："我们一起面对，好吗？我们俩一起！"

　　可我想告诉她，我太孤单了，我做不到。

　　但是太阳又一次升起了，在我第二个五年级的第一天。它好像在说，这一天你无论如何都要面对。

我走进教室的时候，老师还没来，但是门是开着的。我按照老习惯坐到了最后一排。瑞秋选了我前面一排的座位，就在我的左边一点点。她回过头冲我抱歉地一笑，我也冲她笑。没有必要抱歉，不是所有人都喜欢最后一排。瑞秋指着我前面的座位，意思让我坐那里。但我假装忙着我的作业夹子。我不能跟瑞秋说前面的座位已经有人坐了，我所能做的就是盼望那是个高个子的家伙，这样就能把我挡住了。

我看着教室里的同学，有一些女孩是我跳绳时认识的，比如萨琪亚和坦尼亚，跟凯丽只照过面，她个子高高的，举止粗鲁。我还认识几个男孩，像"大嘴"拉菲尔，那个埃尼有时也去图书馆，所以我认识他，还有德里，他懒懒地叉开两条腿，皱着眉，和我一样，坐在教室的最后一排。那个帅哥好像叫多米尼克！巴黎也在，不过坐得比较远，那个西班牙人模样的女孩竟然也在，和瑞秋两个人正聊得火热。巴黎甚至向我挥手，当然我也向她挥手表示友好。看起来一切都要比我以前的班级好，也许是因为讨厌的克罗地亚和家人去了迪士尼游乐园还没有赶回来，也许是因为毕竟是开学的第一天，大家至少都穿得很干净，而且装得很乖。甚至德里都比平时看起来要更像个好孩子。班里的学生要比别的

班级少一些，好像德里待过的班级都是这样。也许我可以在这个
新班级里交到一些新朋友，但是这个想法很快就消失了。其实我
的心思并没在新同学身上，而是在那个还没露面的新老师身上。

　　副校长站在班级前面，有人问："你是我们的新老师吗？"

　　"不是。"他好像很高兴回答"不是"而不是"是的"！

　　"五年级的老师暂时离开了！"

　　"她辞职了！"不知谁在后面叫道。

　　副校长的眉毛立刻皱成了一团，但是他没法分辨出是谁
说的，所以他干脆不管。"是的，她辞职了！不过你们的新老
师马上就到了！"

　　"是别的班调过来的吗？"又有人问。不过这应该是所有人
想问的问题。是那个学龄前的小老师吗？她成天带着两个玩偶，
好像其他所有学生都是白痴。不然是那个七年级的老处女？我不
知道什么是老处女，可是高年级的学生都这么说，她看起来很凶。
再不然是那个耳朵上都长头发的男老师？他真够可怕的。

　　"你们不认识她！"副校长解释，"是从别的学校调过
来的！快坐好，老师马上就到了！"

　　一个从别的地方来的新老师？太好了。有时，我也希望

我是从"别的地方"来的。我希望我的"家乡"是那种需要很多形容词才能表达清楚的美丽地方。而芝加哥只是个遍地公共电话亭、遍地汽车站的无聊地方，你根本用不着用美丽的词汇来形容它，如果你用了，简直就是浪费。

"老师来了！"在门口站岗的"小哨兵"突然喊道。"应该就是她！"他快速地溜回到座位上。

"长得难看吗？"另一个男孩问道。

"嘘……傻瓜，她马上就到了，会听见的！"一个女孩自作聪明地说，"我妈妈说了，第一印象太重要了，因为只有一次！"她双手紧握，仰望着天花板。不知道这样的第一印象会好到哪儿去。

我闭着眼睛，享受着新老师并不知道我的"历史"的喜悦。甚至有那么一小会儿，我认为我可以重新做作业了！可只是一小会儿，我不知道做了有什么用！所以，即使我的新老师长得像黛安娜王妃，我也不会再给她任何证据来证明我有多笨。他们的记

录不真实，这是最可恶的，我的图书馆生涯不在记录里，所以他们的记录里记录的根本就不是我。我越想越委屈，越想越生气，我不准备再想了，新老师马上就来了。我挺直了背，做好一切准备。

我听见外面有脚步声从大厅里传来，也许是她，也许是他。我们甚至连眼睛也不眨，努力地保持只有一次的"第一印象"，像一组雕像。

她会是什么样子？我想不出，可我忍不住想笑，甚至都没办法保持完美的"第一印象"姿势。

也许是个新的开始，也许是个新的噩梦，只有上帝知道我要等待的是什么！

特别的女生
萨哈拉

CHAPTER 5

地

她进来了，我们的新老师。

我眨眼睛了，而且不止一次。她的头发是古铜色的，就像幸运钱币的颜色。可是当光线从某一个角度照过来的时候，她的头发又像是绿色的，就像用树叶的汁水染过一样。她用一只蜻蜓发夹把头发拢在后面，但是看起来还是有点怪。她显得很苍白，我判断不出来她是像我一样的白人或是肤色微黄的亚洲人，还是肤色比较浅的黑人。不怪我，如果你看到一个涂着茄子紫色口红的女人，你也分辨不出来。她涂了眼影，还画了很重的眼线，看起来就像一只猫。她穿着一条黄色的裙子，不过好像是用餐巾纸做的一样，样式也老土得像我姥姥那个年代的。可能是由于太瘦，衣服松松垮垮地挂在她身上，我都看得

见她的胸罩带子，也是紫色的。她根本
不像个老师，倒像个成天晃悠在街上的
问题少女，当然，她比少女要显得大一些。

她抱了一大捧的鲜花，进来后就打
开讲桌的抽屉拿出一把剪刀，从不同的
角度修剪手里的花。然后又从身后的柜
子里拿出了一只花瓶，开始把手里的花
插到里面。所有的学生都盯着她，看她
上下左右地忙活。想象着一屋子的小脑
袋动来动去，一定很有趣。

"去过农贸市场吗？"说话的时候
她谁也没看，只看着她手里的花。这的
确是个问题，不过显然她并不在意答案
在哪儿。"那里卖的花和你在花店里看
到的不一样，完全不一样。想想，你在
大商店里哪儿买得到这么漂亮的东西。"
她转了个身，又神奇地变出一把喷壶，"帮
个忙！"她把喷壶交给前面的一个女孩，

"帮我灌满水，好吗？"我们几乎跳起来，这是她进来后第一次注意到这个教室里还有人，我们甚至都忘了这是在哪儿了！

那个被选中的女孩乐颠颠地跑出去完成任务。她就在前面的墙上比画着量尺寸，然后她竟然拿出一把锤子，开始在墙上"梆，梆，梆"地钉起钉子来。钉好了，她挂了一个类似格言牌的东西。我眯起眼睛，勉勉强强地看到上面用奇怪的字体写着：

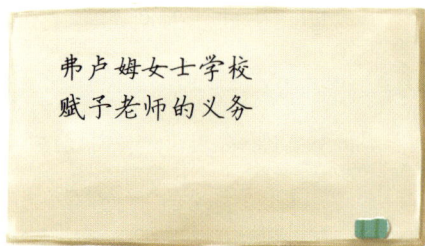

弗卢姆女士学校
赋予老师的义务

她调整了一下牌子的平衡，直到她认为已经非常满意了，才用手捂着胸口喘了一口气，好像完成了一件特了不起的事。然后她拿过一盏台灯，浅红色的玻璃灯罩就像一朵盛开的郁金香。灯罩的顶部镶了六颗珠子，每一颗珠子都会动，彼此撞击的时候还会发出好听的声音。她从衣服的不知道哪里一拽又弄出一条手帕，然后她开始擦这六颗"花瓣"。她把每颗珠子取下来举到灯前眯着眼睛细看，我们也跟着眯起眼睛打量。

一个男生举起了手。

新老师看了看墙上的表，离九点还有五分钟，然后她又看了看那个举手的男孩子。

"你要去上厕所？"

"不是。"

"那就把你的手放下。"她说得又快又坚决，也许就是碧丝教过的那个什么"一锤定音"吧！于是那个男孩遵命了。

她举起小台灯，关了又开，开了又关，好像在做测试。"制造光明是件很重要的事，"她说道，还是没看我们，"如果光明都没有了，我们就只剩下伤心了！"

女孩灌完水回来了。老师把水倒进花瓶里，然后把花瓶推到课桌前面尽量靠近我们的地方。她还特意摸了摸脖子上的珍珠项链，好像怕它会飞走一样。确认项链还算老实，她终于坐下来了，用手支着下巴，开始一个一个地打量我们，就像牙医在认真地检查你嘴里的每一颗牙齿。

上课铃响了。

　　她叹了口气，站起身绕到讲桌前面用背轻轻靠着它，双手抱在胸前。她好像是要冲我们微笑，但是笑容走到一半又缩回去了。"哼，"她说，"又是一年！"

　　"我是波迪尔女士！你们也可以叫我帕萨伊小姐，当然

这是个法语名字，不太好发音。好了，你们认识我了！"她夸张地笑了一下，虽然这才是开学的第一天。我可从来没见过哪个老师会在开学第一天和学生这么个笑法。

"学生大都叫我波迪小姐，"很显然这个自我介绍还没完，"当然，有的学生只叫我老师！"

"他妈的什么？"德里开始出手了。

"他妈的老师！"波迪女士连眼睛都没眨地就回应了德

里的"问题"。

"看来现在讲讲我们的规矩正好，你们觉得什么规矩比较好啊？"

孩子们开始乱叫起来。不许说话，不许推搡，不许吃口香糖，不许拿别人的东西，不许骂人，不许不做家庭作业，不许拽别人的头发，不许踢别人的凳子，不许抄别人的作业，不许起外号。

波迪小姐皱了皱眉头，问道："有没有不以'不许'开头的规矩啊？你们就从来没听过以'一定要'开头的规矩吗？"她开始在黑板上写：

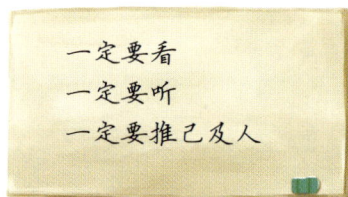

一定要看
一定要听
一定要推己及人

"什么叫推己及人？"

"就是考虑别人的事像考虑自己的事一样。如果你不喜欢被别人推，不喜欢自己的东西被别人拿走，不喜欢别人拽你的头发，你自己就别对身边的人这么做，否则你怎样对待别人，别人也就会怎样对待你！这是一个基本的道理。还有你们要努力，更努力，比以往任何时候都要努力。如果你想要加分或是受惩罚，都可以，我都会全力配合，帮你完成心愿！"

"你会打我们的屁股吗？"拉菲尔问。

"你以后会知道的，我的小牛仔！"波迪小姐说话的时候鼻子动得很厉害。

然后她开始在黑板上写我们的日程安排表：

9：10—10：40	猜灯谜，时间旅行、世界探索、疯狂科学
10：40—11：30	故事分享
午饭之后	大家一起大声地读，读完再读，一个人读完，一组人读
最后	语言艺术课

这是什么？大家你看我我看你，希望能从别人的眼睛里找到点什么，可是我们什么也没找到，也没人敢问。我们都太害羞了，除了德里。我们都盼着德里来一句，帮大家解除疑问。

波迪小姐开始发给每人一个黑白条纹的本子，边发边说：

"记住啊，你们每人都欠我两块钱！"

"我没钱！"一个男生说。

"你现在也许没有，但是总有一天你会有的，到时候别忘了还给我！"

她继续发本子，发到我这里的时候，我冲波迪小姐微微一笑。得到点新的东西总让我感到格外开心。

"这是你们的日记本，"她解释道，"以后你们每天要写一篇日记，每篇都要标好日期，你可以以'亲爱的日记本'或是'亲爱的日志本'开头，当然也可以有你们自己的不一样的开头。我会看你们写的日记，然后在上面写评语，除非你在本子上写了这样的标记，"她在黑板上画了一个圆圈，里面有个字母P，还有一个斜画线。℗"这个就意味着，'我写的东西和你无关，这只是我和我的日记本之间的谈话'，这样的话我就会为你写的内容保密，不告诉任何人！"她很认真地保证。

"甚至不告诉那些特别辅导员？"德里又发问，其实我也想知道答案。

"我不喜欢官僚作风，"她告诉德里，"但是我不介意吹毛求疵！"

"什么是官僚作风？"德里好像很好奇。

"只会写东西打小报告的行为！"波迪小姐解释道。

"就像萨琪亚！"一个女孩喊道。

"我还不知道萨琪亚是不是爱打小报告，"波迪小姐说，"但是我现在知道你是！"那个女孩的脸一下子就红了，波迪小姐眨了眨眼睛，表示原谅了她的"告密"。

"她被打屁股了！！！"拉菲尔吼叫道，我们笑得更凶了。

"那什么是吹毛求疵？"巴黎问道。

"有一些人是透过一面沾满泥巴的玻璃看世界的，所以他看到的世界永远是不干净的，不真实的。好在，泥巴是很容易洗掉的！'上帝创造了泥巴，但是泥巴不会打你的下巴！'这是我弟弟每次吃泥巴前最爱说的一句话。"

我们都忍不住笑了起来。我们老师的弟弟竟然吃泥巴！她还自称借给我们每人两块钱！还要教我们如何穿过时光隧道，教我们怎么猜字谜！真是难以相信，我不知道她是在说大话，还是在逗我们。

"好了，现在靠着墙排好队，我来给你们安排座位，不许乱，快点，快。现在就动，你，站这儿，你站那儿，不是这

儿！"我很高兴，因为我还是被安排到了最后一排，一班的人乱哄哄了一大阵子，刚刚坐好，波迪小姐又要做一下小小的调整。"你，"她指着我。

"谁？我？"

"和她换位子！"她指着瑞秋所坐的第二排的位子。

什么？到第二排？波迪小姐怎么看出我其实是在躲？"还有你，"她指着德里，"也坐到前排来！"

"我为什么要坐那里？"

"为了我能更好地盯住你，亲爱的。"波迪小姐慢慢地说。

哐当！德里很不耐烦地站了起来，好像身上拴了几千斤的重担似的，然后他慢慢悠悠地往前走。到了波迪小姐指定的位子上他就使劲地把书包往桌上一摔，好像他不是为了放书包，而是要把桌子砸扁。

"悲剧人物啊！"波迪小姐吸了吸鼻子，"你的步子太慢了，看来先要解决你的步速问题！"

"什么是悲剧人物？"坦尼亚问。

"是演员所演的角色的一种！"

"我不是演员！"德里像火山爆发一样凶，"我是德里·赛克斯，你以后最好小心看着点你的后脑勺，老师！"我们都呆住了。一个男生弄出点声响，立刻被同伴推了一下。波迪小姐扬扬眉毛，又抓抓眉毛。

"我怎么才能看见我的后脑勺？我后背上又没长眼睛。"她好像在非常认真地对待德里发出的警告，还特意转过头看了一眼她的后背，试试是不是真的可以看见自己的后脑勺。"怎么办？我没办法一边看着我的后脑勺一边上课，真的做不到！"她还挺伤心地叹了口气，并且在日记本上写着什么。她嘴里念叨着，"任务……后脑勺……看好……见识……德里？德里·赛克斯，对吧？你愿意帮我看着我的后脑勺吗？你如果能帮我分担这项难事的话就太好了，怎么样？帮我看着后脑勺，是你新学期得到的第一项任务！"

德里蒙了。我们也蒙了。不过我们都在笑，德里却没有。

"回答'是的'总是会让你的生活变得好点，"波迪小姐说，"别跟你的老师捣乱，我一天的快乐都靠你们给呢！你们是我的帮手，知道吗？现在我就有一件事需要你们中的一个人帮忙。有人愿意放学后留下来帮我打扫打扫教室吗？谁的家离得不是很远不用坐校车上学？这是一项持续性的工作，可能要做一个学期，所以最好有个离学校近的同学来当志愿者，这样我会放心些。如果你愿意，我会打电话征得你父母的同意的！嗯……你叫什么名字？"

"瑞秋！"

天，我是走着回家的，我家离学校很近，我想举手，我想报名，可就在我想的过程中她已经安排了一个又一个任务给一个又一个同学，有专门负责收作业的，有专门负责点名的，有专门负责卫生的，一个又一个。也许她还需要别的帮助，也许我跟她说，她会同意我和瑞秋放学后一起擦黑板。但是我没举手，始终都没举手，就好像我根本不会举手，或者是干脆没长手一样。我的手腕就像是断了，我就是没有力气把手举起来。

"今天到了午饭时间你们就可以离开了，剩下的时间不过是发发课本！"波迪小姐好像是告诉了我们一个值得高兴的小秘密，她的确很高兴。"你们有谁曾经躲在毯子底下，打着手电筒看课本？"

我们这个看那个，那个看这个，都摇头。

"有谁曾向朋友推荐过课本？而且说'这个棒极了，你一定要看一看'之类的话？"

"没有？"

"有谁为课本中讲述的故事结局哭过？"

我们都笑了，当然没有。

"啊哈，"波迪小姐说，"这么说课本不过是一堆印刷得挺漂亮的废纸！那好，我会找点别的东西来上课，至少大部分时间是的。我现在就把这些东西发下去。我下旨……"

"什么是下旨？"

"就是命令！你们坚持每天写日记，终有一天你们会在上面写你们的人生。"

"无——聊！"有人说。

波迪小姐突然拉下脸，生气地问："谁说的？"没人回答。"在我的课堂，无聊就是一个骂人的词。我不想听到这个词，永远。"她拿起一本课本把它狠狠地摔在讲桌上，我们都被"砰"

的一声吓了一跳。"如果这个词从你们的嘴里说出来,我就要带你们去看医生!他会在你的半边屁股上打一针,治治你的'无聊症',你们可以试试,看看我是不是开玩笑!都明白了?还有谁不明白吗?"她的声音很低,听起来生气极了,好像等不到把我们带到医院就已经想在我们的屁股上打上几针。

她绕着讲桌走了整整一圈,做了三次深呼吸。"就像我刚才说的,你们要写你们的生活。如果你们的生活恰好很无聊的话,你们最好学会让你们的生活有趣起来,因为我不读无聊的东西!"

"为什么不?"拉菲尔很胆大。

"为什么?因为读无聊的东西会很……无聊!"波迪小姐的情绪好像又突然好起来了,就像刚刚突然生气一样没什么预兆。"好了,我已经介绍完我自己了。我的第一任丈夫曾经是个大兵,我白天教课晚上推销百科全书,挣外快!呵呵,现在,我要你们也告诉我你们的一切。"

大家都盯着她。

"别浪费时间了,就从今天开始,现在开始,好了,开始写!"

所以大家都开始动笔，没有动笔的，也在找笔找纸准备动手写日记。很快所有的同学都有事做了，有的在飞快地写，有的在咬手里的铅笔，有的皱着眉头抬头看着天花板仿佛在苦想！所有人都在忙，除了我，我挨个地看他们，想象他们会写什么在日记上。

瑞秋的：

我不明白您为什么让我坐在后面，您看见了我戴眼镜，可是我现在戴眼镜都看不大清您在黑板上写的东西，我没有新眼镜，因为我妈妈还没给我买。所以求您给我换个座位，求您了！

爱你可爱的帮手 瑞秋

德里的：

我才不会给你看着你的后脑勺呢！你自己看着去吧！还有，你又矗又丑，而且还非常非常无聊，无聊，无聊，无聊。

还有别人的：

我想放假。

......

我的大姐 三个月后就要生小宝宝了。

......

我过生日想得到一个游戏机。

......

我想养宠物，可是我住的公寓里不让养宠物，

连猫咪都不行。

......

我都是和奶奶在阿拉巴马过夏天的。

......

我喜欢和男孩子玩，尽管他们有时特别幼稚。

......

我快憋死了，我要去上厕所，您别骂我好吗？

......

对不起，老师，我不太会说英语。

　　我拼命地想我要写什么。我想说我很沮丧，但是我意识到我不能说。我想说我让妈妈难受很抱歉，但我又意识到这个连妈妈都不能告诉，更别提老师了。我想告诉波迪小姐我读书很棒，嗅觉很棒，视力很棒，脑瓜很棒，记忆力很棒，听力很棒，但是我做所有的事都很棒又怎样？这些不是学校关心的问题，不是吗？这些不是任何习题的答案。所以这些不过是我一个人的秘密而已，我把它们锁在我脑袋里的一个大箱子里，我想要的时候才拿出来，只不过，我有的时候会把箱子的钥匙丢了。

　　我想告诉老师从第二排看出去，世界好像都不太一样了。我喜欢桌上的花和台灯，我甚至希望即使我没举手她也知道我想当她的小帮手。我希望她也能拿个倒个儿的鱼缸，在里面看到我，看到我真实的样子。

　　下课铃声响了，我的日记本上一片空白，一个字也没有。

　　"把你们的日记本传上来！"波迪小姐指挥着。孩子们开始转过头收后面同学的本子，再把自己的也放上，交给前面的同学往前传。我觉得全身僵硬，拿起笔，只写了四个字：

　　　　我是作家。

　　于是我的本子也跟着一堆七歪八扭的日记一起走到了波迪小姐手里。我脸又红又热，我觉得自己像个大傻瓜，波迪小姐看到我的日记上的字的时候肯定也是这么觉得的。

　　她按照她说的，在日记本上做了评语。

我是作家。

我相信！

特别的女生
莎啃拉

CHAPTER 6

寓言中的世界

波迪小姐的一切都是尖尖细细的。她的鼻子尖尖的，她的耳朵小小的。她的指尖也尖尖细细的，甚至她的声音都是尖尖细细的，尤其她在说"你"这个词的时候，尤其她冲德里说"你"的时候，更是如此。不管波迪小姐对他说什么，德里都是眼里一团火，就好像波迪小姐要和他决斗似的。波迪小姐不跟他说话的时候，他就在底下不停地嘟囔来嘟囔去，好像班里没有别人只有他一个，直到他的嘟囔变成了演讲，波迪小姐终于忍不住了，就把德里叫到外面的走廊里。她以为这样我们就听不见他们说什么，其实，我们什么都听得见，因为我们会非常团结地保持安静。

　　不是太生气的时候，波迪小姐经常说的话是"你可以不做我叫你做的事，这是你的选择，你有选择的权利，但是请你帮助我保持安静。"但是一旦德里把她气着了，她总是说："你就一天自说自话地嘟囔吧，没人管你，因为你最后肯定会变成个疯子，坐在公车的最后一排，梳着个傻辫子，穿着身破衣服，谁也不愿意坐在你身边！怎么样？听起来前途无量，是吧？"

不管波迪小姐生不生气，说些什么，德里永远都是沉默，我们只能听到波迪小姐尖尖细细的声音，但总是听不到德里的部分。我感到很奇怪，我觉得我有时很理解德里。因为我知道大人喜欢把自己的想法硬塞给我们，以为他们认为是对的，我们就一定要喜欢，要遵从，但不是他们每次都对，所以我们往往用沉默和直愣愣的眼神作为不同意甚至是讨厌的表示。但是，我和德里不一样的是，我知道我讨厌谁，我讨厌老师，讨厌校长。而德里是讨厌所有人，没有他不讨厌的，难道他就没有不讨厌或者是喜欢的人吗？

波迪小姐总是说我们"应该把烦恼都扔在家里！"而不是带到学校来，所以她每天都站在教室门口，拿着一个黄色的大篮子。她管它叫"烦恼收集器"。每个人要进入教室的时候都要把自己的烦恼"扔进"这个大篮子里，而波迪小姐就站在那

里微笑着，仿佛是在检阅未来的大明星。我们的烦恼是无形的，也就是说，实际上篮子是空的，可是在波迪小姐看来，篮子每次都是沉重得不得了，因为有时她都要弯下腰才能吃力地支撑起我们的"烦恼"！但是她坚持我们要把烦恼留在教室之外，因为这样我们才可以好好地听她的课，好好地学自己的习。每到放学的时候，我们还要把自己的"烦恼"领回去，因为波迪小姐说，"我才不想要这些无聊的烦恼呢！"实际上，每到放学，我们也不记得我们的烦恼了，更不要提认领它们了。可是不得不承认，这些烦恼会跟踪术，因为我一回家就发现它们又回来了。

上课的时候，波迪小姐从来不认为德里是个有"特殊"需要的学生，她像对待其他学生一样，叫德里回答问题、做练习题。当然，她每次总得花好长的时间等着德里回答，我们也跟着等。

"德里？我们正等着呢！"

没有回答。

"'我不知道'也是一种回答！"

"那'我不想回答'呢？算不算一种回答？"他哼哼了两声，全班都发出低低的嘘声。

"不算！"波迪小姐说，然后就继续等，等啊等，最后她走了过去。

"傻破迪！"德里又嘟囔起来了。

"我在呢，德里？你有什么要说吗？否则一会儿你就没机会说了！"

"你叫我饭桶！"德里开始吼叫。几个男生发出低低的赞同声，因为德里长得真的是挺壮，上下一边粗，加上又胖，显得圆圆的，跟桶倒是像。

"我确实没喊过你饭桶，德里，我叫你饭桶干吗？"波迪小姐叹了口气，"你就不能别说这些疯话吗？"

"你干吗老说我疯？"德里咆哮着。

"你老做疯事！"波迪小姐也冲着他咆哮。

德里突然站起来，"哐"地一下子踢了波迪小姐的讲桌一脚，然后回到座位上，开始胸口一起一伏地喘粗气。我害怕极了，波迪小姐看起来很不高兴，但是她并没有感到害怕，她站起身走到德里的桌子旁。

"对不起！"然后她抬起腿重重地给了德里桌子一下子，不过是用脚趾。德里跳了起来。"你喜欢踢桌子？好，虽然我不喜欢，但是我可以陪你玩！"

"你踢得不够狠！"德里笑嘻嘻地说。

"嗯，"她点了点头，"也许是。你介意再站起来一下吗？"
德里按她的话做了。波迪小姐把衣服的两个衣角轻轻地系在了
一起，突然凌空一踹，好像足球运动员射门一样，将脚狠狠地
落在德里的桌子上，可怜的桌子立刻就翻了一个个儿，像个皮
球一样滑出好远。

我们全都呆住了。

"哦嗬！"波迪小姐真的好像是进球了那么开心。

她脱了高跟鞋开始揉她的脚趾，我相信她一定很疼。揉
完了，她一瘸一拐地又走回到讲桌那里。

"我说过了，你踢桌子对我来说没用，德里，饭桶，疯子，
随便你想让人们叫你什么都好！总之，我们要重新上课了！明
白吗？"

"饭桶德里"太固执了，他不想丢人地把桌子摆回来，
只好在腿上写东西。我们吃完了午饭才看见桌子又回到原位了。

这件事告诉我们，别跟疯子比谁更疯。

波迪小姐自己其实就是个好读的故事，但是她更喜欢给

我们讲乌鸦和狐狸的故事。比如，乌鸦把小石子扔到瓶子里，让半瓶水升起来，乌鸦就喝到水了。还有狐狸如何的伸着尖爪子可就是够不到葡萄，最后说葡萄是酸的，一点也不好吃。有一次，她给我们讲了一个关于狐狸和尖嘴巴鸬鹚的故事。狐狸请鸬鹚吃饭，故意把食物放在平底的盘子里，鸬鹚就吃不到。等到鸬鹚请狐狸吃饭的时候，为了报复，把食物都放在一个长长的瓶子里，狐狸也吃不到。"这个故事告诉了我们什么呢？"波迪小姐问。

"狐狸和鸬鹚都不会用餐具。"里昂说。

"狐狸想吃掉鸬鹚！"安吉丽娜说。

"也许他们都吃得太撑了，所以吃不下去了！"麦克尔说。

"如果人们心地不好，就都得挨饿受罪！"埃尼说。

"嗯，这个答案听起来不错！"波迪小姐边摸下巴边说。

"不，不好！"里昂嚷嚷，"里面根本没有人，只有狐狸和鸬鹚！"

"去别人家做客的时候，他们就是拿你并不喜欢吃的东西招待你！"玛莉亚也说。

"就是，上次我去薇罗尼卡家，她妈妈就给我吃那种难吃的便宜奶酪！"萨琪亚说道。薇罗尼卡回头狠狠地瞪了萨琪亚一眼。

"好了，你的嘴巴像盘子那么大。"拉菲尔笑着说，"波迪小姐，告诉我们故事到底要向我们说明什么？"

"以牙还牙！"波迪小姐说。她的答案让班里的男孩子几乎笑翻了天。于是波迪小姐让他们都到外面的喷水池旁罚站。

"这个故事不怎么地，波迪小姐！"多米尼克一回来就说。

"宝贝，这不是我编的故事！这是伊索先生讲的故事！"

"他干吗只讲动物啊，"凯丽说道，"他就不能写写人吗？"

"他是在写人。他把人比喻成动物，让这些故事里的动物像人一样说话、做事，并带有人的不同特质：愚蠢，固执，骄傲，残暴等等。当然伊索先生本人也有与众不同的特质，所以他靠讲故事为生。传说，伊索是古希腊坎萨斯大帝的奴隶，他是哑巴，所以不能说话。他长得很丑。驼背，罗圈腿，大肚腩，而且矮得像侏儒！"

"天，丑到家了！"坦尼亚表示无限的赞同。

"但是希腊神没有因为他外表长得丑就不喜欢他，反而看到了他内心的智慧，所以赋予了他讲故事和演讲的本事。你

们觉得这些是本事吗？"

"我宁愿长得帅！"拉里很诚实。

"可是如果我不告诉你们，你们会知道伊索长得丑吗？"

不，我们都摇头。"他的故事写得很帅！"拉欣达说。

"我同意！他用这些故事来劝告国王。有的时候伊索不同意国王的想法和做法，但是他又不能直接说，否则你们猜怎么着？"

"他——要——被——砍——头！"我们声音大得仿佛在欢呼。

"你要小心身边的人！"多米尼克警告。

波迪小姐好像不同意。"为了劝告国王，伊索并没有说，'你要小心身边的人！'而是用各种各样的动物故事，来告诉国王一些道理，因为他好像是在说动物，所以国王不会以为伊索是在说自己，就不会很生气。"

"他骗人！"埃尼说。

"是劝告！"波迪小姐眨了眨眼。

然后波迪小姐又给我们讲了一个故事，并且说这是她最最喜欢的故事。故事讲的是一只狮子被困在一张网里，结果一

只小老鼠把网咬破了，救了狮子。她问我们这个故事告诉了我们什么道理。

"小心陷阱，不管你是狮子还是老鼠！"埃尼抢着说。

"这是个不错的意见，国王肯定喜欢。"波迪小姐点点头，满意地说。

"或许我应该说：无论你是狮子还是老鼠！"埃尼好像很认真地纠正自己的语法错误。

"你得小心身边的人！"多米尼克又说了同样的话。

"也许吧，"波迪小姐说，"但是你能想点新鲜的话吗？伊索先生的那么多故事不可能只有一个意义！"

多米尼克重重地坐回到椅子上，满脸通红，"我就那么一说！"

"那是你爸爸的口头禅，不是伊索的！"坦尼亚笑道。

"你最好少说我爸爸！"多米尼克显然很生气。

"好了，好了，你们还没回答我的问题呢！故事到底告诉了我们什么道理？"

"知恩图报！"埃米尔说。

"不错！"波迪小姐说，然后又笑道，"还有吗？"

"不管别人跟你有多么不同，他们都有可能在你需要帮助的时候帮助你！"巴黎说。她真聪明。波迪小姐拿出了她的快乐盒子。每当有人的回答让波迪小姐特别高兴满意的时候，她就拿出这个装满贴纸的小盒子。我们都妒忌得叫了起来。

"巴黎是对的！没有人是弱小到不能帮助你的！这就是伊索想通过故事告诉坎萨斯大帝的道理。他想告诉坎萨斯别小瞧那些小国家，以至于不愿意和他们联盟。"波迪小姐解释道。

"什么是联盟？"

"就是一种友谊。如果这里有了纷争，比如战争，你就需要所有朋友来帮助你！"

"如果你有战争，我们就是你的联盟！"埃尼替所有人说道，几乎是所有人吧。因为德里一直满眼是火地盯着波迪小姐的额头。牙齿甚至在嘴里磨来磨去的，发出难听的声音。

"我会需要你们的！"波迪小姐说，"我们现在来写今天的日记，好不好？"

我想象着德里会在日记里写些什么，而且我可以看到，因为今天是我和瑞秋一起值日收作业。放学后波迪小姐送其他的同学出去，我和瑞秋看着他们的身影走远了，就跑到一摞日记本前。

"我们不该看别人的日记！"瑞秋说。

"就看一个人的，我发誓！"我说。

"谁的？"

"德里的！"

她笑起来。"你也疯了，他也许根本不会写字！"

"好了，想看吗？"

她伸了伸头，马上又缩回去了，说："好奇害死猫！"

"怎么死的？什么意思？伊索先生说的？"

"不，你妈妈说的！那是自找麻烦，我还想接着上五年

级呢！"于是她回过头去开始用湿湿的海绵擦黑板。

我开始看德里的日记。

℗

她是头母猪，大大的母猪，干吗老说我？我又
没说她！我要告诉我妈妈让她等着瞧！

……

我只读到这里。

"上面写了什么？"瑞秋问。

"好奇害死猫"我想着她刚刚说的，于是说："你是对的，
他什么也没写！"

特别的女生
萨哈拉

CHAPTER 7

挨揍的乔治

吃完了午饭，我们把桌子都推到墙边，然后围坐在教室中间开始听波迪小姐讲故事。她的漂亮的台灯散发着柔和的粉色灯光。波迪小姐跟我们说，有的故事是用来讲的，有的故事是用来听的。她给我们讲乔治·华盛顿的故事。乔治砍了一棵樱桃树，然后他妈妈过来问他："是你砍的树吗？"乔治回答："是的！"我觉得这个回答挺傻的，实际上大家都认为这个答案很傻。

　　"他妈妈来的时候他手里拿着斧子吗？"瑞秋问道。

　　"也许吧，这个我不知道！"

　　"笨蛋！"

　　"嗨，他应该放下斧子然后说，我不知道是谁干的！"

"那妈妈就知道他说谎了，"波迪小姐说，"那可是他的妈妈！"

"是，但是她没办法证明是乔治做的！"

"她不用证明，她是他妈妈！"波迪小姐重复道，"你用得着跟你自己的妈妈证明你做过的每一件事吗？她不还是会知道？"波迪看着德里，但是眼神跟平时很不一样，我知道她在想跟德里有关的事。"乔治·华盛顿当上了美国的第一位总统！"

全班都安静了。

"所以呢？"有人问道。

"对不起我没听清！"

"我是说，那又怎么了？"拉菲尔耸了耸肩膀，"我不明白你想说什么。他砍了一棵树，被发现了，然后他就成了总统！我刚刚说的是'所以呢？'"

"有一点你说得不对，他不是'被发现了'，而是他有一个机会说实话，并且他抓住了这个机会。人们不断地在讲这个故事，就是因为乔治·华盛顿是一个诚实的人，而美国人民需要一个诚实的人来当总统。我跟你们讲这个故事，是想说，诚实是非常有用的一种品质，他可以帮助你获得成功。也许诚

实这个词不是很准确，有责任感听起来更好。"她站起身来，在黑板上写着"责任感"。台灯的灯光不是很亮，我们看不清黑板上的字，但是我们听得到粉笔和黑板摩擦的声音。

"责任感的意思是，如果你有勇气去做某件事，就要有勇气承认你做了某事。"

"要是我们再也没有了那样的总统怎么办？"拉菲尔问。

"也许你们中的谁可以让美国人民再拥有这样的一个总统！"波迪小姐说得相当认真，我们都回过头看着拉菲尔，然后开始笑起来。这不是取笑，而是好像我们看到了他的秘密，看到了他以后的职业不是一个什么小员工，而是一个国家的总统，所以我们开心地笑。

"我可不想当什么总统！"拉菲尔的脸通红，好像当总统这个主意像苍蝇一样不招人喜欢，"反正这个故事不是真的，我不信！"

"也许是真的，也许不是，这并不重要。"波迪小姐说。

"您什么意思，这不重要？"安吉丽娜甚至都忘记了举手，"您跟我们讲了一个关于说真话的故事，可是故事本身就不是真话，您还说这不重要？"

"世界上有很多真实并不是看得见摸得着的！有的时候真实需要想象。"我盯着她，她可以这么轻易地就说出这么神奇的话，就好像她在讲时间隧道的事情。"如果活着的人希望他们的身边有这么一个诚实的人，他们可能会编造这样一个故事，于是这个故事里就有真实的成分，即使这个故事的确没有发生过。你们明白了吗？"

我想说我明白了，因为我想和波迪小姐一样，当一个爱故事胜于爱看电视节目的人。我的确想。其他的同学也在想，但是其实他们是在看，看别人假装在想的样子。

"所以，如果这不是一个关于诚实的真实故事，那也是一个关于人们渴望诚实的故事！"我边说边举手。我得说得很慢。就好像我在端着满满的一碗水，如果我不慢慢地走，水就可能洒出来一样。全班的同学都看着我，就像他们刚才看着拉菲尔一样，但是他们没有笑。他们从我身上看出什么来了？

波迪小姐也看着我，温柔极了，就像一个妈妈不需要她的孩子向她证明什么，她也知道她的孩子是什么样的。

"我们可以把灯打开了！"波迪小姐说，"写日记的时间到了！"

世界上有很多真实并不是看得见摸得着的！

有的时候真实需要想象。

我在想象的世界和真实的世界中都举手了。

　　我没有接着写别的，因为门开了，德里的妈妈出现了。"我有话和你说！"她伸出涂得乱七八糟的指甲指着波迪小姐，大声地说。

　　"您能先到办公室等我一会儿吗？"

　　"我哪儿也不去，我就在这儿跟你说话，现在！"

　　"你肯定看见我正在给一屋子的孩子上课！"波迪小姐说，那么平静地说。我把"肯定"偷偷地记在夹子的左上角，我想我以后用得着这个词。

　　德里的妈妈用眼角上上下下地打量波迪小姐，最后把目光落在了波迪小姐松松垮垮的裙子上。"我才不管你在干什么呢！"德里的妈妈轻蔑地说，"你是不是当着全班人的面叫我儿子傻帽儿？"

我们吓得几乎不敢喘气。

"我不知道你打哪儿听来这些的！"波迪小姐看了一眼露兹，然后将目光轻轻地落在墙上。露兹站了起来，按了墙上的按钮两下，这个按钮是"特殊情况报警"钮。露兹平时总是很讨人厌，但是这次我觉得她干得还不错。

"你没说我儿子是个大骗子？"

"同学们？"她温柔地看着我们，就好像她刚刚提问了一道复习题，现在在等着大家给她答案。

"她从来没叫过德里傻帽儿，我从不缺课，我知道的。"萨琪亚沙哑的声音从后排传过来，"是德里老骂波迪小姐，还大声在底下说话，捣乱课堂！"

多米尼克站了起来，他的块头比德里还大，所以不怕他。"他还叫老师破迪小姐，但那不是老师的名字。应该是波迪，这是个法语词！"

"真不错，你竟然记住了！"波迪小姐好像很吃惊，"谢谢你，多米尼克！"

德里的妈妈慢慢地看着屋里所有的人，但是没人再说话。于是德里的妈妈突然大步走到德里的桌子前。其实德里的桌子

离她只有四步而已，波迪小姐一直叫德里处于她的视线范围之内。德里的妈妈从桌子上抓起德里的日记，使劲用本子打他的头，边打边喊："我看你就是一个傻帽儿！"

波迪小姐走上去快速地从德里妈妈的手里把日记本抢过来，动作就像一个日本武士。她甚至还重重地给了德里妈妈的手腕一下，打得她直吸了一口冷气，好像手骨都快折断了。我猜她一定怀疑波迪小姐会"中国功夫"！

"我们从来不在教室里骂人，永远不！也很少在教室里打人，至少你打人不行！"就在这个时候，门开了，我们看见副校长站在外面。

"出什么事了，女士们？"

"好了，孩子们，我得离开一会儿，你们继续写你们的日记，或者思考从故事里学到的道理，好吗？"

波迪小姐匆忙地边说边走了出去。

门关上了，我们都吓得说不出话，至少大多数人是这样的。

"我学到的道理就是，看好你的樱桃树，乔治·华盛顿！"多米尼克瞪着德里，"如果你再把你妈妈弄到这里骂波迪小姐，我就把你踢得比他妈的伊索还丑！"

　　"多米尼克，别说了。波迪小姐说过，在课堂里我们不谈论谁谁谁的妈妈。"坦尼亚小声地说。

　　"其实，这个故事根本没有道理！"凯丽平静地说。她比我们都高，什么都不怕。"道理就是波迪小姐刚刚说的那句话：'在办公室里等我'！"

　　这句话让我们安静下来了，所有的人都没有再说什么。德里没有抬头，而是像波迪小姐吩咐的那样，在日记本上写着什么。我开始想，如果像德里一样，有一个根本不了解你的妈妈，会是怎样的情况？这样的妈妈根本就不知道你是什么样的，除非你证明给她看！

　　不过有一件事是肯定的，因为德里·赛克斯的出现，学校变得有趣多了。

　　我知道这不好，但是我实在想知道德里在日记本里写了什么，其实我希望他能写"对不起"。但是德里写的却是：

　　她是头母猪，她为什么在全班面前打我？我什么也没干！还有，为什么破迪，破迪，破迪小姐

不解释她叫我饭桶的事情？她可真有趣！还有，

多米尼克你最好小心点，我跟你没完。

　　就像我跟你妈妈说的那样，在教室里不许骂人。

你写十遍"母猪"，然后你就会正确地写这个词了，

然后我再也不想看到或听到这个词在教室里出现。

文明用语，记住！

　　——破迪小姐（如果你愿意，你可以这么叫我，

这样我们就扯平了！）

　　说起用语，那个什么小姐，你为什么不说英语，

老提什么法语？这是美利坚合众国，不是阿尔卑

斯山脚下，不管怎么样，你就是破迪！

德里，这个周末你过来找我，我会让 你看看
我说英语的样子。我还叫了多米尼克，所以你不
会感到寂寞的。你不必谢我。

——那什么小姐（她可以和破迪小姐打上一
架！）

特别的女生
萨哈拉

CHAPTER  8

建筑的意义

波迪小姐喜欢给我们看一些把东西搭在一起的幻灯片。她管这叫"建筑"。波迪小姐一说到建筑的时候，就好像建筑是一个人，而波迪小姐能看到这个人在想什么。她有时给我们一堆吸管，让我们来搭造我们心目中的高楼。"横梁像是支撑整个身体的骨头。"她告诉我们说。我们摆弄这些吸管的时候，她就给我们放那些黑白的幻灯片，幻灯片上有的是人们在搬着横梁走来走去，有的是人们在工地吃东西，有的是在聊天，但他们都好像是在天上，因为他们站得好高好高。天肯定是另外一个地方，我看着这些人，想起了天堂，也想起了爸爸，他是不是也在另外一个地方搭造什么呢？

　　法国巴黎的弧拱，意大利佛罗伦萨的圆顶。这面墙，那个柱，这个过道，那个窗户。她仔细地为我们解释奶油色的石头都分别是什么。她给我们看漂亮的宫殿，建在悬崖上的别墅，印第安人睡的锥形的帐篷，还有一些很简单的小棚屋。她总是提到"喷泉，镶嵌，尖顶，兽嘴"，我喜欢这些词，甚至可以很熟练迅速地写下它们。它们总是把我带向了另一个地方，当然也不总是另一个地方，有的时候波迪小姐也给我们看一些我们自己城市的建筑。

每次说到漂亮而又迷人的建筑，波迪小姐总是会两眼放光，异常的兴奋。有一次，她说她会带我们去西尔斯大厦，我们都很害怕，但是说不出到底害怕什么。

"奶奶说，太高的楼都是罪恶的，因为那会惊扰上帝。上帝住在天上，所以人的楼不应该太高！"安吉丽娜说。

"要我说，住得不高才有罪。如果我们都是上帝的孩子，你奶奶一定这么跟你说过，那么孩子想接近他们的父母有什么不行的呢？"

我想波迪小姐是对的。但是同时我有了另一个问题：父母想接近他们的孩子是不是也是非常自然的呢？当我想起爸爸的建筑，我抬起了头并闭上了眼睛。我想象着轰隆隆的机器声

音越来越近，我的那些墙都纷纷倒塌。尽管我知道这都是我的想象，我仍然激动地抓住了桌子，紧紧地，想着那些我永远也不会说出来的话。

亲爱的爸爸，我的心就是一个小棚屋。为什么你让我住得离你这么远？为什么不为我建造一座高楼，一座有几千几万层的高楼？

对我来说，唯一可以搭造这座高楼的地方就是在本子上，但是只要一想起校长办公室里那个饥饿的大柜子在等着关于我的"证据"，我就不敢在学校写任何我的故事。我用脑子写了好多给爸爸的信，然后又用脑子把这些写好的信揉碎，扔进垃圾桶里。

轰隆隆的声音消失了，我的想象也随之消失。我睁开眼，发现我的四周仍然是墙，而其他所有的同学都在纸上建造他们的摩天大楼。

每个人都完成了波迪小姐布置的作业，因为波迪小姐答应写得好的同学就可以获得一枚亮闪闪的贴纸。露兹得到了很多这样的贴纸。我并不是发贴纸的人，只不过我恰好坐在露兹的左后方，能看得见她的桌面。我忍不住偷看，偷看她的贴纸很快贴满了她的日记本，仿佛军人胸前亮闪闪的奖章。当贴纸实在多得封面贴不下了，露兹只好把以后得到的贴在日记本的里面了。

"你不觉得贴了那么多东西很乱吗？"我问她。

"不啊，我很喜欢！"她微笑着回答，"很漂亮！"

每次日记本一发下来，她总是要翘着屁股看，兴奋得不得了。然后她总能得到一枚贴纸，她就用指甲抠啊抠啊，直到把不干胶的那面抠下来贴在日记本的各个空白的角落。露兹并不是很聪明，但是她总能得到贴纸。因为波迪小姐说，"你肯尝试，就是很大的成功！"

可是我，却一枚也没有。

一次，波迪小姐看到露兹的封面已经贴满了贴纸，她就说："当我很小的时候，我就有收集贴纸的习惯。"我敢肯定我不是唯一一个听到波迪小姐这么说的，因为第二天，其他所有的孩子都开始学着露兹把自己得到的贴纸用指甲抠啊抠的，然后贴到自己的日记本封面上。但是我发誓，波迪小姐肯定私

底下把从家里带来的她小时候的贴纸给了露兹，因为我发现有一天露兹的本子封面上突然多了好多闪亮的星星和月亮图案的贴纸。我还敢发誓，波迪小姐给了埃尼一本《伊索寓言》，真的是送给他的。我跟瑞秋说了我发誓的这两件事，说实话，是抱怨。

"我根本不想要什么《伊索寓言》。"瑞秋像往常一样耸耸肩。

"如果波迪小姐给你呢？你也不想要？"

"她没有给我，她给了埃尼。我觉得波迪小姐肯定是烦透了埃尼成天追着她问那些什么古老的故事，才送了一本给他让他自己看。"我当时肯定表现出了非常生气的表情，因为瑞秋马上又加了一句："波迪小姐真是好人，别妒忌了！"

"妒忌？"跟瑞秋说这些根本就没有用。我以为她也会想波迪小姐是因为善良才这么做，因为她也给了波力斯一本同样的书，尽管波力斯根本不说会英语。一个字都不会说！埃尼可以随时去波力斯那里去看那本书，只要他想看，他甚至都不用开口要，他只需要走过去就可以了。而波迪小姐连头都不会抬一下。

老师都是偏心的。

本来我想写"为什么有些只学了两年英语的学生可以得到一箩筐的贴纸，而我，却一个也得不到？"但是很快我就知道波迪小姐会怎样回答我，因为甚至有一次她已经在我没有问问题的时候给了我答案。在我已经四天没有在日记本上写一个字之后，波迪小姐用红笔写道：

作家需要写作！

为什么她就不能像其他老师那样，在本子上写："做作业！"或者把我和德里一起叫到走廊里进行特别教育，或者跟校长一起把我妈妈叫来，然后让我留级？她没有这么做，她只写："作家需要写作！"就好像她说的是："你不写作了？那你就成不了作家了！"

也许她不是这个意思，也许她只是很直白地写出一个老师的意见而已，就像她有时写给我的：

> 如果你听到别人说了一个你觉得很美、很漂亮的词，那就把它记下来，然后这个词就成了你的了！

她不知道，我已经这样做了。

> 别匆忙地给一个故事一个无聊的结尾，"我醒来后发现这只是个梦"，这是个非常非常糟糕的把戏！
>
> ……
>
> 别轻易地把你写的人物杀死，让他们一直一直活下去，就像在真实世界中一样！

还有一些她写给我的话我读不懂，比如：

孩子和自然；孩子和孩子；孩子和他们自己。

让他们开始打架！

……

有时候一些词根本没有意义，比如好的，漂亮

的，丑陋的，美的，坏的！

……

知道怎么分辨哪些是主要人物吗？不是你非常

喜欢的那个，而是总在变化的那个。

　　写日记的时候，我总是会盯着她写给我的那些话，就像
我脑子里有一个勤劳的搬运工，而她的话就是一块一块石头，
我的搬运工搬啊搬，几乎把这些石头都搬进我的脑子里了。但
是有一句话我搬不进去。"作家需要写作！"这不是一块石头，
这是一座山。我根本搬不动。我知道如果我按照波迪小姐说的
去写好每一篇日记，我肯定会得到比露兹多得多的贴纸。但是

我不能，我不能为了那些贴纸犯错误，我可以在商店里买到任何我想要的贴纸。

我知道我是"吃不着葡萄就说葡萄酸"，就像埃尼手里的那本书上讲的。但是没办法，那个狐狸那么聪明不也犯了这种错误吗？

通常都是波迪小姐亲自把我们的日记本发还回来，但是在一个糟糕日子里，她没有。她忙着在教室的后面固定好一个什么摄像的机器，于是里昂替她发本子。这个该死的里昂根本没有仔细看本子上的名字就一通乱发，结果大家都拿到了别人的本子。而我手里的是一个封面上有星星的日记本。我迅速地抓住它拖到桌下，偷偷地把它放在了我的腿上。我看到了本子上面花花绿绿的装饰和几行十分扎眼的字迹：

非常棒！

我就知道你行！

好极了！

在这页的左上方有一颗星星拖着一束彩虹尾巴。伊索先生说："发光的不都是金子！"但我还是感到了它的耀眼，我太想得到它了。我感觉我的手指从这颗星星的一个角开始抠，就好像这根本不是我的手指，而是一个机器人的机械手臂，而这个机器人显然在执行一个邪恶的指令。我抠得很费力，感觉到这颗星星是多么不愿意离开露兹的本子，但它是敌不过一个邪恶的机器人的。

这时，露兹举手，并用力地挥动，叫道："波迪小姐，这不是我的本子，都发错了！"

"这也不是我的！"埃尼帮腔。

"好了，都不许打开你们手里的本子！这是别人的秘密！"可是大家听到后都开始翻看自己手里的本子。"德里！萨琪亚！嗨，别看！"波迪小姐像个军官一样下着命令，并放下手里的摄像机，开始从所有人的手里收回本子。"我会重新把本子发下去的，里昂，你看看你干的！让你做点事情真不让人放心！"我手里的本子像飞似的被波迪小姐拿走了，我根本来不及把抠下来的那颗星星贴回去。我本来是想贴回去的，我把它抠下来只是想试试贴得有多牢靠。我的日记本发下来了，我把手里的这颗星星贴在了里面。我偷偷地看着露兹的反应。她正在挠她的脖子，她会举手吗？没有，她只是很使劲地靠到椅背上，然后摸着那个曾经有颗星星的地方。她有那么多星星！她什么都没做，只是攥着拳头，用下巴顶着笔，而且，皱着眉。

"想看看我写了什么吗？"巴黎主动跟我说。她坐在另一排，跟我隔着一个过道，但就在我的左后方，她一伸手就可以够到我的肩膀。

"当然！"我说。

她写着：

> 波迪小姐，你一定要看，很重要的。露兹的贴纸并不是教室里唯一可以粘住东西的，有人的手指比她的贴纸还黏，我想你应该知道。

妈妈说，在这个城市里，有上百万个窗户。有人的窗户总是盯着你，看你在做什么，你有什么事情发生。这会

让我感到安全，就像无论我在什么地方都有一个守护天使在保护我。我突然意识到，也许别人也有这样的守护天使。我把日记本还给巴黎，小心地保持我的面部表情，好像什么都没发生过，但是这种小心只维持了一秒钟，我就转回来问巴黎。

"你想怎么样？"我声音极低。

"没想怎么样！"她一脸无辜。巴黎每天都和露兹在草场上玩，她是露兹最好的朋友，而且就坐在离我如此近的地方，我怎么会这么不小心。

"我会把它还回去的！"我又转回了头。

"现在就给我！"她伸出了手。

"别装得像很成熟似的！"我的声音开始提高了。

"萨哈拉，怎么了？"波迪小姐从教室的后面问道。"不许回头说话了，快写你的日记！巴黎，你也是！"

巴黎的微笑几乎让我崩溃。

波迪小姐今天布置的题目是描写你住所周围的建筑。我面对着一页空白，想不出来我家周围任何的建筑，仿佛我生活在太空里，最后我在本子上写道：

老师也有秘密吗？

　　就这些，我知道我还是得不到贴纸。我突然意识到我不能把这个本子交给波迪小姐，因为上面贴着本应该属于露兹的星星贴纸。我把这页撕了下来，撕得歪歪扭扭的，成了一个纸卷。我现在该怎么办？不知道，于是我把它扔在了地上。透过眼睛的余光，我看见巴黎把它拾起来了。时间停止了！

　　最后，波迪小姐开始收日记本了。巴黎站起来，半曲着身体，跨过我的桌子招呼："露兹，接着！"

　　露兹看着手里的东西却并不高兴，"都脏了，每个角都脏了，"她说，"你为什么拿我的贴纸，巴黎？"

　　巴黎看起来震惊无比："我？"

　　"我还以为我们是好朋友！"她跟巴黎说。

"不是我拿的！"巴黎解释。

"那是谁？"露兹举起了手。巴黎的身体好像瞬间僵住了，变成了一栋建筑。最终她扫我一眼，双手交叉抱在胸前。

"怎么了，露兹？"波迪小姐回过头来。我双手抱着肩，好像等待行刑的犯人。

"我想要点胶水，"露兹说，"我的一枚贴纸有点松了！"

波迪小姐皱了皱眉头，还是给露兹拿了胶水，还告诉露兹怎么粘才能粘得牢靠。"好了，不会再掉下来了！"露兹抬头一脸的感激，"我没想到这么快就脱落了！"

"我也是。"我想。

巴黎没有罢休。课间休息的时候，她冲到我跟前嚷道：

"你最好以后不要再干这种事情！"

我甚至都不敢看巴黎的眼睛。

"克罗地亚说你很坏，我不相信她，我相信我自己的眼睛，我本以为我们可以成为朋友。多谢了，萨哈拉！"她厌恶地吐了吐舌头，一抬腿，走了。

我看见露兹和巴黎故意地绕开对方，两人的路线形成了一个完美的圆。我和瑞秋倚在操场上的栅栏上，瑞秋一如往常地不讲话，而我在和我自己交谈，实际上是我自己在给我自己上课。我读了那么多书，我有那么多的理想，我渴望当一个英雄，渴望历险，但是我现在是英雄吗？英雄是不怕困难的人，勇敢的人，像巴黎，她承担了露兹的责备，承担了失去朋友的痛苦。或者像露兹，可以说另一种语言，连她妈妈都不会说的一种语言。我能吗？能做任何一件这样勇敢的事吗？我的答案让我的脸滚烫。

　　我看到了凯丽，又高又壮，看起来吓人，可是凯丽实际上一直在扮演一个保护别人的好警察的角色。拉菲尔，大嘴巴，什么都觉得好笑，即使是自己做过的糗事。我又想到了埃尼，他每天晚上几乎都是在图书馆度过的，虽然大家叫他胆小鬼。萨琪亚，永远在讲别人的闲话，跟在别人后面像个跟屁虫。德里，虽然在全班面前挨打，虽然反应迟钝做什么事都慢半拍，但是他从不缺课，每天都来，难道学校真的比家好吗？他也是一个英雄。"大家都说你很坏，德里，我不相信他们，我相信我自己的眼睛，我本以为我们可以成为朋友！"

　　我看着我的同学一个个地从教室里走到操场上，再从操场上消失，他们叽叽喳喳的说笑声仿佛一个大大的旋涡，我沉

在里面出不来。"我喜欢我的同学们！"我想，并为自己这个想法感到很吃惊。除了克罗地亚，其余的同学对我都非常友好，没有一个人提起过我曾经需要"特别教育"，没有一个人说我笨，做事慢，他们本来可以这么说我的，不是吗？他们到底怎么看现在倚在栅栏上的这两个女孩？瑞秋，不说话，害羞，或者是个小白痴？我，神秘？有秘密的人，甚至是个贼，偷了别人的奖品还一再安慰自己"只要想要也可以得到同样的奖品"？只要自己想要？我转过身，背对着所有的人，闭上了眼睛。

瑞秋注意到了我奇怪的举动。"你没事儿吧？"她问，我猛地摇头。我心里想说："我们去跟大家玩吧，别傻站在这里，别这么孤单！"但是我没说，至少今天没说。我们还是站在了属于我们的地方，比如这个栅栏这里。

当我们回到教室的时候，我跟波迪小姐说："我需要那个烦恼收集器！"

她示意我到讲台那里，然后从讲台底下拿起了那个篮子放在了腿上，别人都看不见，这是秘密的。她双手抓着篮子，我开始把我的烦恼都"放"在里面，我放啊放啊，放了好多好多，波迪小姐就静静地看着我，什么也没说，但是抓着篮子的双手却紧了又紧。最后我停下来，看着波迪小姐，她知道我的烦恼都已经在篮子里了。

我回到座位上，感觉到我的胃在剧烈地痛。我把头埋在两个胳膊间，于是我看不到阳光，这样我会舒服一点，波迪小姐一整个下午都没有再提问我。

特别的女生
萨哈拉

CHAPTER **9**

波迪小姐，请进！

瑞秋的弟弟弗雷迪还不会说话，但已经办了件坏事——把肠胃感冒传染给了我和瑞秋。

我们不能不碰弗雷迪，因为他长得太可爱了，像个会动的洋娃娃，我和瑞秋轮流地抱他，哄他，亲他，直到弗雷迪开始呕吐。没办法，我们只好把他还给瑞秋的妈妈。两天之后，我和瑞秋也开始呕吐。

我俩躺在我房间的沙发上，两人的头和脚亲密相连。瑞秋的妈妈请不了假，即使瑞秋病了，所以只好我妈妈请了两天病假照看呕吐的弗雷迪、瑞秋和我。时间过得好慢。没有好看的动画片，甚至闪动的屏幕都让我们烦。不过弗雷迪好像很开心，在他小小的摇床世界里，自由地流着口水，胖嘟嘟的脸依然可爱，丝毫不知道因为他，两个姐姐要承受多么大的痛苦。

后来我和瑞秋给对方画像，否则实在太没意思了。我看着瑞秋，她的头发好像《科学怪人的新娘》里的妻子，她的眼睛是弯弯的，像半夜的月亮，她的嘴角有一块唾沫，当然我没有跟她说这个。也许我的嘴边也有。画完了，我们就给对方看自己的杰作，然后对着大笑。可是笑完了，问题又来了。

"你想玩什么？"我问她。

"不知道！"她像往常一样耸耸肩。

所以，我们就继续有气无力地躺着，傻瞪着对方，脑子里都出现了一个在教室里不敢大声说出口的词：无聊！

"我们吃面包片吧！"我建议，于是我们从硬边开始啃起来，然后吃掉软软的中间部分。

可是，我们不该吃任何东西。

"呜……"瑞秋开始要吐。

"妈妈！"我赶快喊我们的守护神。

妈妈听到喊声马上赶过来了，把瑞秋迅速地扶起来往厕所走，可是已经来不及了，瑞秋呕出了一堆奇形怪状的湿乎乎的东西，从沙发的附近一直到卫生间门口。味道难闻极了，然后就听到刷

牙的声音，冲马桶的声音，空气清新剂喷洒的"噗噗"声。

过了几分钟，瑞秋出来了，脸色差得就好像刚刚被凯丽揍了一顿。但是她还是挺着，故意逗我，"呜……"装作又要吐的样子。没那么快，我知道。

"那我们现在玩什么？"我问。

"得了，不许玩了，让她休息！"妈妈提了一只桶出来，"你也要吐吗？"

"不，我很好，只要别让我看到她吐我就绝对不会吐！"

瑞秋已经躺到了沙发的另一边，轻轻地笑着。然后马上开始皱眉，伸头到那只桶口上，她发出了一声又一声类似呕吐的声音，但是什么也没吐出来。

"别闹她了，你看书吧，给瑞秋读个故事，反正让她安静会儿！"

"她脚丫子烫得足有200度，我腿上被她碰到的地方都要起水泡了。"我抱怨道。

妈妈摸了摸瑞秋的额头，"天啊，我的孩子！"妈妈拿出了一些药片，我认识，这些是我上次发烧的时候妈妈给我吃的。瑞秋听话地把这些药片吞了下去，又干呕了几声，好在药没出来，然后她一点点地抿妈妈递给她的水，我和妈妈都紧张地看着她，怕她把这些可以让她感觉好一点的东西又吐出来，还好，水和药都下去了，一定会在她的胃里工作的。

"好了，会没事的，睡一会儿吧！"妈妈给瑞秋盖了一张小毯子又摸了摸她的脸蛋，尽管她的脸色好差。"你也老实点，别打扰瑞秋！"妈妈警告我。

妈妈出去了，瑞秋乖乖地躺在那里，额头上放着冰袋，身上盖着毯子，发出一阵阵的呻吟。

"咱们玩个游戏吧，假装你病了！"我提议。

"我是病了！"她提醒我。

"对，病得很重！假装我们是姐妹，在沙漠里迷路了！"

"别，沙漠太热了，我已经很热了！"

"那好，就在冰冷的极地，你生病了，我用海豹身上的脂肪和鱼肉帮你恢复体力和健康！"

"呜……"瑞秋又伏在桶口上。

"萨哈拉！我说过别让瑞秋说话！"妈妈从厨房喊道，天，她怎么知道我让瑞秋说话了？

我不得不放低了声音，"假装你就快不行了，而你的未

婚夫德里伤心极了！"瑞秋从桶里抬起头，"换成多米尼克行吗？"然后就又开始冲着桶拼命地呕永远也呕不出来的东西。

我在等着她问我是故事里的什么角色，但是，我错了，瑞秋永远不会问这种问题的。

"我是你姐姐，所以，我得先结婚。跟谁呢？"

瑞秋好像根本没有听到我的话，而弗雷迪手里的小熊玩具掉到地上了，他开始哭闹不休。我无奈地给他捡回了沾满了他的口水的可怜的熊，顺便看了一眼墙上的钟，天，时间怎么过得这么慢？我读书的时候时间过得总是很快，可是和书本外的朋友玩，时间反而过得慢。

这时，我听见门铃响了。我听见妈妈说："谁啊？"

"波迪尔。"门外的声音说，"波迪小姐！"

"波迪小姐？"妈妈的声音透出了掩盖不住的惊讶。我听见了开门声。我把自己尽量藏在身上那块小毯子下，闭上眼睛装着已经睡着。我没办法在偷了露兹的贴纸后再面对波迪小姐，虽然她不知道谁偷了露兹的贴纸，甚至不知道露兹的贴纸被我抠下来过，可是我知道，我不能看她的眼睛。于是我装睡。

"萨哈拉！"妈妈很快地就推门进来，我尽最大努力呼吸得像睡得很熟了。妈妈迅速地止了声，她以为我睡着了，于是她出去又到门厅那里了。

"琼斯女士？"我听见波迪小姐在门口说，"萨哈拉在吗？我把她的家庭作业带来了。"

"哦，你太好了！"妈妈说，"虽然她根本就没做作业，对吧？"

"做不做都是她的作业本！"

"对，您说得对！"妈妈说，"她和瑞秋已经睡着了，你进来吧，着急去别的地方吗？"我猜妈妈一定已经注意到了波迪小姐宽大的袍子。波迪小姐肯定又是穿着她的那些奇怪的衣服，像往常一样。还有她的奇怪的头花，也许穿了长到脚踝的豹皮纹风衣。我睁开了眼睛，但是看不到。

"我刚刚办完别的事！"波迪小姐说。

"我以为你从学校来。"

"我是从学校来！"

"哦！"我听见妈妈好像不太明白。

"很抱歉，有点唐突，我只是想把这个给您，也许打扰到您了……"

"没有，我正愁着无聊死了，屋里是三个病人，我一天什么都没干，光忙着照顾他们了。"妈妈一定不知道波迪关于"无聊"的言论，我偷偷地笑。

"进来吧，我这里正好有烘好的蛋糕！"妈妈说。

妈妈也许是热情地将波迪小姐搀进来的，妈妈喜欢这样。我听见门关上了，听见了两个人的脚步声音延伸到厨房，好在我的房间离厨房并不远。我又听见水壶放在炉灶上的声音，甚至他们坐在椅子上发出的撞击声，还有妈妈一定是拿出了烟，当然这个我听不出来，但是妈妈说："抽烟吗？"

"不，谢谢！"

"戒烟了？"

"不，我从来不戒什么东西，"波迪小姐说，"我只是完成了这件事！所以这件事结束了！"

"我真希望我的烟瘾也能结束了！"妈妈说。

"结束你想开始的！"波迪小姐说。真的是不错的格言，可是，如果当老师的把所有人都当成学生来教育，她还会有朋友吗？妈妈只是笑。

"你可真是老师！"她说，"怎么样，萨哈拉还是老样子吧？"

"您什么意思？"

"我是说和她以往的记录一样。你看了她以前的记录了吧？"

"没有，"波迪小姐说，"我痛恨记录这个东西，我也从来不看，除非到了学期结束。那会很有趣，你会让别人看到记录里的东西是多么的荒谬！"妈妈一定惊异地看着波迪，至少会看一眼。波迪接着说，"如果有个孩子不老实，反应慢，不会看书，慢慢地我会看出来，我有眼睛，足够了，所以我不需要记录。"

"看看记录不是能省很多时间吗？"妈妈说。

"要是记录都是错的，就不那么省时间了！"

水壶上的鸣笛响了。"你是说你根本没有看萨哈拉的记录？"妈妈边倒水边说。

"没有，我只看到了萨哈拉本人！"

"那你从她身上看到什么了？"我知道妈妈现在肯定是屏住了呼吸，因为我也是。

"她将是一名作家！"波迪小姐说。我感到我整个人开始发胀，就好像被打气的气球。

"是吗？"妈妈终于恢复了正常的呼吸，"还有呢？"

"对不起，"波迪小姐说，"目前为止，她就跟我说这么多，她有很多的事情不愿意说出来！"

"她给您写什么了？"

"没，几乎什么都没写！"波迪小姐回答得轻松极了，"茶真不错！"

"那你干吗说她是个作家？"

"我没说她是个作家，我说她将是个作家。作家要写东西。她一旦开始写了，她就离作家不远了！"波迪小姐解释。

"哦，是吗？"妈妈不屑地一笑，仿佛波迪小姐不过把我当成了一个笑话，"这么说，要是她开始研究火箭，她就离火箭专家不远了？"

"也许，"波迪小姐好像很同意，我听得出来她嘴里塞满了蛋糕。"但是我不希望她当火箭专家，我希望她成为一名作家，像她希望的那样。"

"那我要怎么做才不至于浪费了这个天才？"

"给她讲故事，虽然她已经大了。还要在房子的每一个地方都放上笔和纸。给她许多许多书让她读，也许你已经在这么做了。"

"你真的是没看萨哈拉的记录，我看得出来。"我听到了妈妈声音中的一种放松，和史丁校长讲话时妈妈的声音从来都是紧张的。

"您不知道她的成绩很差，学习对她来说好像很困难！"

"这也不错，"她的嘴里好像又塞进一块蛋糕，"艺术家总是成绩很糟。她在学校写日记，您知道吗？"

"她写日记？"妈妈很惊讶，"我能看看吗？"

"我借了她两美元买了这个日记本。她欠我两块钱。"波迪小姐突然说道，"你想为她付？"

"现在？"

"现在，怎么了？"

我想象着妈妈现在脸上的表情，她从钱包里拿出了钱。

"我能看了吗？"

"抱歉，她的债已经还了，现在这个本子已经完全属于她了，所以能不能看你得问她！"波迪小姐说。

"我也给她买过一个日记本。"妈妈开始放低了声音，仿佛在说一件很久远的事情，"她把日记本藏在房间的地毯底下。我偷着看过，但是里面什么都没有，只有一些纸页被撕掉了！"

妈妈，你怎么可以！！！

"呵呵，她也许知道你偷看过。别不好意思，我也喜欢偷看别人的东西。"波迪小姐好像在承认她打碎了别人的杯子。我也是，我想着露兹的本子。"但是不管怎么说，她是不会撕掉白纸的，她肯定是在上面写了什么，但是又不想让你看，所以才撕掉的！"

"对，比如写给她爸爸的信！"妈妈说，我感觉像被别人又打了一棒子。

"对，当然也可能是故事，或是别的什么！"

"其实她很爱看书，几乎时时刻刻都在读书，当然只是在家里，"妈妈完全放松下来了，"甚至她都不那么愿意出去玩，宁肯在屋里看书，看书对她来说比什么都重要，比什么都有意思。"不是的，你怎么知道我读书了？你怎么知道我宁愿读书也不愿意和朋友玩？"她的词汇量大极了，跟女王对话都不成问题！"

"我相信，我完全相信！琼斯女士！"波迪小姐的语气让人不能不相信。

两人都啜了口茶。"你会要她留级吗？"妈妈最后开口。

"我从来不让任何一个孩子留级！"波迪小姐兴奋地说，"除非她主动要求，或者她乐意。"

"也许应该怪我，"妈妈平静地说。我咬着嘴唇，听到妈妈的声音颤抖了起来，她激动得要哭的时候总是这样。"她是个好孩子，只是有点叛逆。有时候她会半夜跑到我的房间来。你说她这么大的孩子正常吗？"

天，妈妈，你不用什么事情都告诉老师吧！

妈妈当然听不见我心里的这句话，所以她接着说："我不得不把她成天关在房子里。你知道这个城市有多糟糕，我没办法，如果我能给她一个大点的房子，好点的环境，也许她的性格不会是这样，如果我不和她爸爸离……"

"对不起，"波迪小姐打断了妈妈的话，"也许我这么说，会很直白，但是这是实话，你已经做了你力所能及的事情。凭你目前的状况，你已经给了萨哈拉最好的，没有一点必要去自责。这一点可以写进你的人生记录，如果你想的话。好妈妈，会泡好茶，会做好蛋糕，很了解女儿。"

妈妈笑了，可是听起来更像是哭，因为她几乎是在抽泣，"我知道为什么孩子们喜欢你了！"

"好话只会让我找不着北！"波迪小姐开心地大笑，"替我跟萨哈拉说，我希望她早点好起来，瑞秋也是！"

　　波迪小姐走后，我听见妈妈把我的作业本放在了饭桌上，然后回到了厨房里。屋里很快就恢复到了波迪小姐来之前的状态，不同的是，我听见妈妈开始跟着广播哼唱起好久没有哼唱的歌。

　　我想真的睡一觉，因为我觉得累了，关键是我觉得难过。如果别人都不希望你留级，你却非要让自己做出一副失败的样子，是不是很可耻？我不想这么让妈妈难受，也不想让波迪小姐失望。我爬了起来，在我的一堆本子中找到了我的日记本，开始写那天波迪小姐留的题目，就是我偷露兹贴纸那天的题目：描写一下你住所周围的环境。

我住的地方

　　我住在城市里，所以总是想住在郊区或是乡下该是什么样子。我想住在有自己家院子的房子里，然后你就可以有一辆自己的自行车。这样你一个人出去的时候，妈妈就不用站在公寓的窗口一直地看着你，担心你再也回不来了。我想如果要是我

住的地方没有这么吵该有多好。楼下的马丁兹先生每次半夜回来都要庆祝一下，他庆祝的方式就是大声地放他的古巴音乐，我不认为那是音乐，因为我只听到一堆鼓啊，锣啊，在里面敲啊响啊，唱着一些我根本听不懂的歌词。我觉得他的音乐像是一个魁梧的女人，比他妻子还魁梧的女人，他妻子长得很小，整天坐在沙发上抱着个酒瓶子，什么事也不做，就等着丈夫回来，然后放出这种恐怖的音乐。

　　每次我得等着他们都回到公寓了，才能好好地入睡。妈妈也一样，有的时候我到她的房间里去，她总是不让我和她一起睡，她说她的床太小了。她说你想象着一幅非常漂亮的画，这幅画会给你一个好梦的，你不会害怕，也不会需要她。

　　所以我就回到我的房间，听着罗森小姐家的动静，她家住楼上。她走路永远都是不抬脚的，拖鞋就这么"趿拉趿拉"地拖着地面，然后就是"哐"的一声，那肯定是她的手杖，然后她进了厨房，凳子砰地就撞到墙上了，地上铺的油纸也开始沙沙地响，她半夜到厨房里干吗？做饭？应该不会。罗森小姐其实是个很好的人，她每次在街上看到我都会冲我微笑，有的时候还从包里拿出一点好吃的给我。有一次，她递给我一块巧克力，我看到了她的手。她手上的皱纹比地图上的线还多。天，这就是人老了要变成的样子吗？那样的手！那样的皱纹！我看电视的时候，特别害怕自己老了，因为上面的人总是嘲笑老人。我想象着老罗森太太半夜在厨房里数着她手上的皱纹，她是在等谁吗？

　　我想着如果住在乡下，从窗户向外望，也许可以看到银河呢。而我从窗口往外看，看到的还是窗户，更多的窗户。这些窗户到了夜晚就半遮着，早晨我醒来，它们又反射着金色的光芒。我很少出去玩，在这水泥丛林的城市，我觉得无法自由地游弋。我讨厌蝉的叫声，但是罗森太太说，生命就是和你周围的人相处。所以，我也许应该试着跟蝉友好相处。

　　我看见瑞秋倚在枕头上盯着我，眼睛都不眨一下，我也盯着她，也不眨眼睛，她示意我要看我写的东西，我给她看了。我看见她的眼睛迅速地移动，左，右，她很快读完了。我看见她的眼睛里已经没有了第一次我们在厨房里说起理想时的怀疑，她的眼睛完全透明了，可以看见底的透明了，我知道，又有一个人相信我"将成为一名作家！"

特别的女生
萨哈拉

CHAPTER **10**

谁是孤儿？

波迪小姐喜欢诗歌，不，是热爱。每隔几天，她就给我们准备些诗歌来读，都是非常有名的诗人写的。但是她并不拿这些诗歌来考我们，所以情况是波迪小姐把诗发下来没两分钟，大部分学生就把它们扔掉了。波迪小姐生气极了，但是她没有命令他们把诗捡回来。她说这是个很坏的选择，她能做的是把诗给我们，但是她不能强迫我们读这些诗，我们有权利选择读或者是扔掉。德里总是连看都不看一眼这些诗，他喜欢把印着诗的纸揉成一个小团儿，然后把垃圾桶当篮球筐，练习投球，有时甚至是三分球。

　　我从来不扔。我留着所有的诗，还背诵我喜欢的几首。其中我最喜欢的诗是富兰克林·奥哈拉的《我的自画像》。

当我还是个孩子，

我只躲在操场的角落，

自己做自己的玩伴。

我不喜欢娃娃，

我不喜欢游戏，

动物们在我看来也不友好，

鸟儿甚至也飞走了。

如果有人找我，

我会躲在树后，

然后大声地叫："我是个孤儿！"

而现在，我成了所有美好的中心，

写着美丽的诗篇，

倾诉着美丽的梦想！

　　富兰克林·奥哈拉叫这首诗"我的自画像"，就是说这
首诗写的是他的生活故事。可他只用了几行字就写完了，不像
我还要一篇一篇地写这么多。当妈妈下班很晚家里只有我一个
人的时候，我就默默地读这首诗给我自己听。我觉得它的旋律

美极了，甚至让我想起了教堂里的唱诗班。"耶和华是我的牧者，我必不致缺乏。当我还是个孩子，我自己做自己的玩伴。"我知道我这么联想不好，但这是我的心里话。每次当我走进厨房打开一罐玉米罐头，看着摞得老高的脏盘子，我就有种从树后面走出来的感觉，我不再躲避，而是变成了世界的中心，舞台的主角。虽然这只是梦想，但是奥哈拉说总有一天会梦想成真的。我一遍又一遍地重复他的诗歌，就好像这是个咒语，只要我念够了一千遍，我的梦想就会成真。也许诗歌本身就是一种考验，就像灰姑娘的水晶鞋，你穿得上，你就变成了皇后。所以，诗是有用的，但不是对所有人都有用，只有那些"尺码合适的"人才能感受到诗歌的力量。不是所有的人都相信诗歌里讲的事情，也不是所有的人都信任波迪小姐。

"诗是给垃圾听的！"德里说。

"我想知道，在你眼里谁不是垃圾！"波迪小姐。

德里很快回答："有钱人啊！"

"那你就更应该喜欢诗人，因为他们和那些知道钞票价值的银行家一样，知道每首诗的真实意义！一首诗就是一笔财富，一个字就是一两金子！"

　　"哈，是吗？你拿一首诗到商店里看看能买到什么！"德里一副不屑状。

　　"如果你能选对地方去用诗歌，你就会获得丰富的回报，但是这种回报不是面包或者咖啡，而是爱。我们在这里谈的不是购物券的问题。"

　　我注意到拉菲尔粗鲁地哼了一声。在他看来，波迪小姐这样说"爱"和老师的身份太不相称。我有时也写自己喜欢的诗，但是我没有写我的名字在上面，我在想着我应该把这些诗给谁看。

　　这时，门开了，是碧丝小姐，"特别需要"老师。我下意识地缩了缩身子。她冲我挥了挥手，我也冲她挥挥手，全身不自在。

"我是来找德里的。"她跟波迪小姐说道，波迪小姐正在黑板上写东西。德里站了起来。

"坐下，德里。我没说你可以离开你的座位。"波迪小姐说，"你要把他带到哪儿去？"

碧丝小姐一脸惊讶，"特别需要。"她放低声音说。

"什么特别需要？"波迪小姐说，声音反而高了起来。

"宗教吗？他不是犹太人，他既不说犹太语，长得也不像犹太人！其他没什么问题吧？他只是学得有点慢而已。"她边说边搓着手。

碧丝笑了起来，我认得这样的笑声是一种嘲笑。"我们不喜欢'慢'这个词而已！"她说。

"是吗？"波迪小姐说，"那我们用什么词来形容蜗牛、乌龟和走得不准的表？"

碧丝小姐听了，直了直身子，好像意识到波迪小姐没跟她开玩笑。"波迪小姐，德里·赛克斯需要特别教育和帮助。他已经被公认有控制力问题！"她的声音更低了，说，"他有毛病！"

"谁没毛病？"波迪小姐问。

"不是，我是说……你没看他们的学校记录吗？"

"哦，等等，记录，记录！是的，德里·赛克斯！对不起，等一下，我刚刚来，一切还都不熟悉！让我看看，我有一个纸条是关于他的特别教育的……就这两天……有点变动，我放到哪里去了？我就爱乱放东西。别着急啊！你有副本吗？就在开学的前几天，是关于德里的特别教育的……"

看着波迪小姐，我发现坐在前排有一个好处，你可以发现很多秘密，比如，其实波迪小姐根本没在找东西，她只是把桌面的东西都动了一下，看起来好像是在找。她先拿起了花瓶，又开了一只抽屉，又开始翻一堆纸，把其中几张整理齐了就又放下了。她嘴里一直不停地嘟囔，又去开另一只抽屉，伸手进去使劲地翻动里面的剪刀和剪纸，就是没找到任何东西。"咦，哪儿去了？"

我真是有点忍不住想站起来大声说："别找了，波迪小姐，根本什么都没有！"但是，即使是德里，都在使劲地憋着不笑，我还是老实待着吧。可是，为什么，为什么，为什么？为什么会有老师愿意把德里这样的学生留在教室里，甚至愿意向另一个老师撒谎？德里的妈妈不是那么难堪地来闹过课堂吗？乔治·华盛顿的故事不是告诉我们应该诚实可信吗？为什么还要说谎，只为了保护一个像德里这样的学生？德里·赛克斯！这真是个谜！

终于，波迪小姐停止了"寻找"，转头对碧丝小姐非常肯定地说："你拿走了！"

"我？我不记得我拿过任何的什么纸条！"碧丝小姐说，"上面写什么了？"

"上面写着这学期德里不参加任何特别教育项目！"

碧丝小姐吃惊地摸着她的嘴唇："你开玩笑呢吧！"她抬起手指着正兴致勃勃地研究一面墙的德里，"纸条上写着德里今年不需要特别教育？德里不需要？"她显得很兴奋，好像别人告诉她她的彩票中奖了，而她无法相信自己竟然摊上这样的好事。

"怎么了？"波迪小姐睁大了眼睛，"你可以去问她妈妈。她也许正想和你谈谈呢！"她突然天真地笑了笑，"或者直接到校长那里说，你把纸条弄丢了。但是我发誓，纸条上是这么写的。"

"我想我可以试试。"碧丝看起来有些担心，"我希望，

如果你需要特别帮助的时候会来找我。"

"非常感谢。"波迪小姐说,"非常高兴能听到这个消息!"

碧丝小姐突然又眼睛一亮:"萨哈拉呢?"

"什么?"

"她怎么样?"

"我不知道!"波迪小姐说,"萨哈拉,你今天好吗?"

"很好!"我声音小得像蚊子叫。

"好的,"波迪小姐说,"她说她今天不错,非常感谢你问候她,那么,你妈妈今天怎么样?"

"很好。"碧丝吃了一惊,然后费力地挤出两个字,"很好!"

"哦,那棒极了,大家看起来都很好嘛!"

"是的,"碧丝小姐说,"我想我该走了!"

"很好,"波迪小姐说,"谢谢,再见!"她把碧丝小姐送到了门口。

波迪小姐回到教室里一下子坐在了她的椅子上。从她第一次进到这个教室,她几乎就没在那张椅子上坐过。不过她今天重重地坐到上面，好像很累很累。她坐在上面冲着我们微笑。然后她和德里对视，说："她人不错！"

"是，她是不错！"德里说话的时候像块石头，"可是你表现得可不怎么着！"

"嗯……"她哼哼着说，"我想我的控制力可能有问题！"然后两人同时大笑。这是德里第一次笑，至少是我认识他之后，他第一次笑。他笑起来声音很好听，又轻快又爽朗，像教堂里的小风琴。

课间休息的时候，我把"我的自画像"丢在了德里的椅子上。

"萨哈拉，我能跟你说两句话吗？"波迪小姐在门口拦住了我。"就几分钟，好吗？我有话跟你说！"

跟我说什么？

她把其他所有同学都送出去之后，只把我一个人留在了教室里。

我看见了她桌上的那堆日记本。自从上次生病后，每天我都会在日记本上写东西。不会是因为这个找我谈话吧？但是

我看到露兹的本子在最上面，星光闪闪，她又得到贴纸了，我咽了咽唾沫，我想象不出来，如果波迪小姐发现我是那么坏，我该怎么办？

难道是她看到我把诗扔到德里的座位上了？我没有别的意思。有的时候我们需要一些诗，有时候，是她说的。她要跟我说男孩子的事？千万别，我会死的。也许她知道我偷看德里日记本的事了？我只看了一眼，而且也只看了德里的，我几乎都读不懂他在写什么，他的拼写简直一塌糊涂。我甚至不知道我为什么要偷看他的日记本，也许是我对他太好奇了。他跟别的男孩子太不一样，他好像永远不会从那种封闭的情绪中走出来，更别提跟你说话了。波迪小姐自己也喜欢偷看，她自己说的，不是吗？但是我不能这么问她，因为那天，我实际上是在"偷听"。

但是如果我猜错了，她要跟我说的根本与德里无关，怎么办？

哦，不会是……我开始胡思乱想，"如果你……日子会好过点！"她知道我也是有"特别需要"的学生，所以开始

特别地对待我？我又要回到大厅里了。她也许看了我的记录，
也许……

波迪小姐转过身。"对不起。"她说。

"波迪小姐，我偷看过德里的日记本！"我突然说道。

她愣住了几秒钟，然后很好笑地看看我。"还好，没被
抓到！"说完，她就走到那堆日记本旁，没拿露兹的本子，也
没拿德里的本子，而是找了半天，拿出了我自己的日记本。封
皮上我用很小的字写着我的名字，没错。

"这个！"她把我的日记本在空中挥了挥，就像电视上
演的律师，"这个！"

我站在波迪小姐面前，但是好一会儿她除了"这个"就
没说别的了，只是摇着我的本子。"怎么了？"我也是半天才
挤出这么一句话。

"你得允许我就你的这个本子问几个问题！"她一脸神
秘地冲我说，"你没搞到什么时间快车之类的东西吧？比如，
你到了未来的几年写了这些东西，然后又坐着时间快车回来
了？"她弯腰靠向我，很好奇地问我。

"没，没有，老师！"我结结巴巴地说，"不是这么回事！"

她从讲桌里拿出了一副眼镜，"拿着！"她命令道。"这不是我个人的好奇，而是我的工作！"我似懂非懂地点了点头。她盯着我的脸看，使劲地看，我认识的人中，只有妈妈曾经这么用力地盯着我看。我看不见她的眼睛，但是看得见她的眉毛上上下下地跳动。好像她在撬保险箱或者是拆炸弹。"非凡啊！"她自言自语地说，"全看见了！"

"什么？"我问道。

"文字，"她说，"你的天赋！"然后她从兜里掏出一样东西。一个金色的星星，后面拖着一只七色的彩虹尾巴，跟我从露兹本子上抠下来的那个一模一样。"好了，我想知道的我都已经知道了，出去玩吧！"她说。

我几乎是跌跌撞撞地跑到操场上的。瑞秋和克罗地亚正等着我。"波迪小姐跟你说什么了？"克罗地亚问。但是我没理她，而是直接奔向不远处的巴黎。

"怎么了？"巴黎问。我拉过她的手，悄悄地把我刚刚

得到的那颗星星塞到她的手心里。她看了看她的手，又看了看我。她没有笑，但是眯起了眼睛。然后她攥起了手，点了点头，跑开了，跑向露兹。

我又能正常呼吸了。我听见背后笨重的脚步声，我知道那是克罗地亚和瑞秋跟上来了。"你没事吧？"瑞秋气喘吁吁地问。

"没事，"我说，"再也不会有事了！"

但是我错了。我们回到教室的时候，我以为德里会坐在我扔给他的诗上面，但是他发现它了，即使我把纸叠得那么小。德里一层一层地打开它，我叠了好几折。德里甚至忘记坐下，就那么站着打开。然后他开始读，他的脸变成了紫色，看起来生气极了。他那么凶，我吓得几乎瘫在了座位上。

他骂了一个脏字，我听过，但是我不会写，于是全班的人都开始看着他。"谁把这个放在我凳子上的？"声音大得几乎震塌了屋顶，我真想爬进我的书桌里，但是我知道我的"尺码不对"！"我不是孤儿！"他开始声嘶力竭地喊，"有人说我是孤儿！"

　　"没人说你是孤儿！"波迪小姐正认真地看着我，我想她知道是我干的。她怎么什么都知道？希望德里没发现波迪小姐在看我。德里的胸脯一起一伏地看着全班的人，眼睛又红又湿。

　　我几乎怕得要哭了，也许不只是因为害怕，我竟然把最最特别、难以琢磨的男生惹得那么生气，也许是气自己气得要哭了。

　　但是我现在想的是，我既然这么害怕，为什么还在一周前有一次偷看了他的日记？而且波迪小姐是对的，诗歌不是给垃圾看的。

特别的女生
萨哈拉

CHAPTER  11

苹果的故事

下雨了，落叶软塌塌地贴在马路上，让人想起了幼儿园的地板，因为我们上美术课的时候，总是把颜料弄得红一块绿一块地粘在地板上，就好像地板才是真正的画板。波迪小姐又给我们讲了一个故事，一个老师的故事。我们边听边把收集的落叶夹在我们的标本夹里。波迪小姐的头上戴着一个大大的红枫叶做的花环，衬着她的绿头发，看起来漂亮极了。

　　"她已经非常老了。"

　　"有多老？"

　　"老到头发都变白了，老到背都弯了，老到看人时眼睛都要眯着。"波迪小姐也眯起了眼睛。"她每天走着去学校。她早上起得很早，早到草地上还有露珠呢！"

　　拉菲尔突然大笑起来，"她踩那些露珠了吗？"

　　波迪小姐警告的眼光扫过拉菲尔，"对，她的确踩在那些露珠上了，因为露珠不过是水珠，拉菲尔。因为她踩到了很多露珠，一路走下来，她的鞋子都被打湿了，鞋前面形成一个小小的月牙形的水痕。

　　"她住在乡下，每天去学校都走同样一条蜿蜒的土黄的小路穿过树林，再穿过那片空地，走过操场，最后走到教室里。"

　　"她为什么不开车？"

　　"那时候还没有车开！"

　　"我奶奶也很老了，但是她就开车，一辆别克！"

　　又有几个孩子也开始嚷嚷他们的奶奶和姥姥都开什么牌子的车。"好，我等你们说完！"波迪小姐说。等大家七嘴八舌地说完后，她才接着说："不管你们的爷爷奶奶都开什么车，如果你们住在乡下就知道为什么她不开车了。虽然她不开车，但是她看得到很多美丽的景色，比如太阳和月亮同时出现在天空上，就在天空的两端，互相望着对方。"

　　"我见过，"安吉丽娜煞有介事地点头说，"嗯，漂亮极了！"

　　"我也喜欢。这让我想起了在操场两端的两个孩子，两

个女孩，她们太害羞了，害羞得不敢走向对方说声'你好！'。"我看着瑞秋，微笑。她也看着我，微笑。我感觉巴黎在从背后望着我，所以我回头了。"在乡下，空气闻起来就像噼啪作响的绿豌豆，或者像蟋蟀在摔跤，噼啪！噼啪！"波迪小姐唱着。

"只要你走到那儿，它们就蹦得哪儿都是，啊哈！"安吉丽娜兴奋极了，好像现在就有豆子在她脚底下开了花，"今年夏天在我奶奶家的时候，就是这样。波迪小姐说的是真的。"

安吉丽娜噼里啪啦说的时候，波迪小姐一直笑着看她。"那你们有没有曾经走在乡下的小路上，特别早的早上，然后就听到树叶沙沙地响动，就好像在跟你说它们有很多很多的秘密？"我们停住手里摆弄的标本夹，等着她变成那棵会诉说秘密的树，然后她的声音果然就轻起来，像阵微风那么轻。"每一棵树都有自己的语言。如果你知道如何听它们讲话，它们就会把藏在树干年轮上的故事都告诉你。它们会告诉你，一场厉害的雷击在它们身上留下了一个洞，然后顽皮的孩子就踩着这个树洞爬到它们身上玩耍；还有那只脾气糟糕的松鼠，竟然用走私犯兜里掉出的珠宝装饰它的小窝，真是奢侈；或者它们有多想念那只飞走后杳无音信的老猫头鹰，它走了以后，没人再帮树捉虫子了。"

"也许那些树只是想说，'早上好！'"露兹说。

"也许！"波迪小姐表示同意。

"也许什么都没说！"瑞秋说。

"也许什么都没说！"波迪小姐重复。

"也许只是沙沙声！！"我们吼道。

"也许是树和树在背后议论别的树呢！"珍妮说，"它们说吗？"

"我猜会的。我们都至少说过一次别人的坏话，不是吗？"

"萨琪亚可不止一次！"多米尼克叫道。大家都笑了。

"波迪小姐，多米尼克笑话我！"萨琪亚抗议。

"傻死了，树根本就不会说话，更别提悄悄话了，那些都是你们这群幼稚儿的想象，树就是树！"德里提醒我们。

"这是一种灵魂，德里。老师也就是老师。于是这个老师就每天这么走到学校，路过很多树，有的树有魔力，像安吉丽娜的树……"

"啊哈！"安吉丽娜又开始点头。

"有的树只是树，像德里的树。"波迪小姐继续，"但是这个老师总是觉得这些树是有生命的，她看到树上的结，就

想到了人的眼睛和嘴巴，她看到树的枝叶，就想到人的手臂和头发，也许这有点幼稚吧。"德里听到这里，一副得意的样子。"她走过树林来到空地，看到一群黑色的乌鸦飞过天边。然后，她又走了一会儿，看到农民的马儿沿着空地的边儿溜达。"

我用手指轻轻地把"溜达"这个词写在本子的封面上。

"最后她终于看到操场和操场上的孩子了。"

"是趟不错的散步哦！"珍妮说。

波迪小姐在黑板上写了一个词："田园的"。"当我们说某种事物非常好，非常有乡下的气息，我们就说它是'田园的'美。但是这么走了25年后，这个老师开始妒忌她所偶遇或路过的事物。"我记下了"偶遇"。

"什么意思，干吗妒忌?"

"她看到鸟儿的时候会想，'为什么我不能飞?'她看到马儿的时候就想，'为什么我不能像它那样跑?'她看到那些孩子的时候就想，'为什么我不能像他们一样玩耍'?"

"笨！"拉里说。

"更糟的是，她的班上有一个小男孩……"

"他是叫拉菲尔吗?"拉菲尔问道。

"是多米尼克吗？"多米尼克问道。

"是埃尼吗？"埃尼问道。

"哦，不，我记不住了，"波迪小姐抿着嘴微笑道，"我只记得他是个坏孩子！"

"他是叫德里吗？"薇罗尼卡问道。我们都笑了。

"闭嘴！如果他坏，那就是他的老师坏！"德里吼道。

"正确，德里！"波迪小姐用力地敲着桌子。"你说得太对了！这个男孩是坏，但是他的老师也坏，只不过让他们变坏的原因不同。在家里，这个男孩挨打。他家里很穷。他走着来上学的时候，树都不跟他说话。来到学校，同学也不跟他说话。于是，这个男孩也渐渐地变得妒忌。'为什么我不能读？''为什么我不会写？''为什么我没有朋友？'"所有人都静静的，没人发出声音。

"他不能跟他的爸爸发脾气，因为他会打他。"巴黎补充。

"他也不能跟他的同学发脾气，他们也会打他。"凯丽一字一顿地说，就好像如果打起来，她一定是第一个动手的。

"所以，还剩下谁了？每天，他就冲着他的老师生气。那时——很久以前了，老师还是可以打学生的。"波迪小姐叹

了口气。"但是当了 25 年的老师了，她都没打过一个学生，她也不想打这个男孩！"

"她要爱他！"拉欣达说，"老师拿钱就是要爱学生的。"

"老师拿的钱不多，所以他们也不怎么爱学生。"拉里说。波迪小姐惊讶地盯着拉里。"大多数不怎么爱学生。"拉里赶快订正。

"这么想很蠢，拉里。老师不是要爱学生才能拿钱的。给人钱叫他为了这些钱去爱你，做——不——到！"波迪小姐解释，"爱学生与其说是老师的主要责任，不如说是一笔额外的奖赏。"

"对我来说这笔额外的奖赏要比主要责任还要重要！"克罗地亚模仿波迪小姐的口气接着说。

"对极了，聪明的克罗地亚。"波迪小姐边说边拿出了"快乐盒子"。克罗地亚吃惊地看着盒子，费了好大的劲才挑出一枚贴纸。"额外的奖赏要凭你自己的意愿。如果你打心眼里乐于工作、爱别人，你所得到的额外奖赏往往是最令你幸福的。"

拉菲尔打断道："好了，别再爱呀爱的了，那个男孩的故事还没说完呢！"

"好吧。所以这个男孩和这个老师谁也不想得到额外的奖赏。男孩不断地冲他的老师发脾气，惹她生气。把胶水涂在她的椅子上，或者把粉笔灰放在她的口袋里。"

"老套！"德里嘟囔着。

"最糟的是，他总是在教室的后面不停地自言自语，像个疯子一样。他从不做任何一件老师布置的任务。有时他站在自己的凳子上，捶着胸脯大喊大叫！"

"像'金刚'！"埃尼说。

德里立刻站在凳子上开始给大家演示"金刚"或者"那个男孩"的样子。

"谢谢，德里，就是那个样子。于是，老师真的不知道该怎么办。每天来学校的路上，她没有心思听树跟她说话，也不愿意抬头看看日月同辉的美丽景色，满脑子想的都是那个坏男孩。"

"她需要一个'烦恼收集器'！"凯丽说。

"对！"珍妮和凯丽击掌表示赞成。

"她看到鸟儿、马儿和孩子们不再感到高兴，而是感到痛苦。这些在她年轻时让她觉得幸福的东西全都变了味儿。

"每天，男孩不做作业，用不同的语言伤害他的老师，男孩的话就像鞭子一样打在她的脸上，让她觉得自己当老师这么多年实在是很失败。"

"她应该打那个男孩的屁股！"拉欣达喊道。

"文明用语！"波迪小姐提醒她，"拉欣达，你觉得那样管用吗？"

"不，但是她可以舒服一点！"

"对！让故事变成她打男孩的屁股！"拉菲尔催促着，也忘记了用"文明用语"。

"对，让她反击！"

"我们投票吧！谁赞成打屁股？"

"这不是投票的问题。"波迪小姐说。她双手抱在胸前做出"等待"的动作。"故事不是民主决议，谢天谢地不是。"过了一会儿，大家都安静下来了。

"我得让你们失望了，"她说，"她没有打男孩。我说过了，她教书的 25 年里都没有打过任何一个孩子，她不想让这个男孩破坏这个完美的记录。"

"好吧！"凯丽小声地说。

"一天，她布置给学生一个作业。以'我希望'为题写一篇日记。"

"那时候学生也写日记？"

"她可是一直走在时代前头的。她布置完作业后才意识到她是多么渴望学生们的答案。"

就像我问瑞秋问题时一样，我想。

"那个老师拿出一张纸，然后写道：'我希望我是一只鸟；我希望我是一匹马；我希望我是一个孩子。'"

"三个愿望啊，她太贪心了！"里昂说。

"她应该许愿让这个男孩滚蛋。"坦尼亚嘟囔。

"在这个时候，男孩也写下了他的愿望。他写的是'我希望她不是这个学校的老师！'"

"他干吗写这个？好多别的可以写啊，他可以写我希望我有 100 万！"德里吭声道。

"他这么写是因为他知道老师一定会看他写的东西。他知道这些话会伤害他的老师。他想伤害别人，因为一直有人在伤害他。

"那个写日记的下午，课程结束的时候，老师把学生的日记收起来，提着一兜书离开了学校，路过了学校的操场，空

地，穿过树林，回到了她的住处。

"第二天，男孩来上学的时候，发现他的老师已经不在了。换了一个新老师来给他们上课。他突然觉得很害怕。"

"害怕什么？"克罗地亚问，"那不过是个愿望而已。"

"然后，他觉得非常的后悔，非常的抱歉。他希望他的老师能回来，然后他再也不给老师捣乱了，然后树就开始唱歌了，跳舞了，啦啦啦……"德里讽刺地接着。

"你觉得这个结尾比较好吗？"波迪小姐说完，叹了一口气。

"别说话，德里！"多米尼克喊道。

"新来的老师不太好。他打学生，也打那个男孩，那个男孩只捣乱一次，就挨打了。这个新老师可忍受不了自己的课堂有人一直像疯子一样在后面自言自语，他用武力制止了这个男孩。同学们没人帮男孩，他们也烦透了自己的课堂上一直有人像疯子一样在后面自言自语，有人能制住他，大家都觉得很高兴。而且，新老师看男孩什么都不会，上课的时候也就不提问他。一开始，男孩还觉得挺自由的。可是慢慢地他觉得自己像空气一样，没人注意他了。他感觉心里空荡荡的，以为这都是当初那个愿望造成的，但是他没有人可以倾诉，没有人可以告诉他这么想很愚蠢。

"一天早上，他沿着小路走去上学，突然听到了以前他从来没有听过的声音。是树的说话声！一种他永远无法理解的声音。他害怕极了，开始在小路上狂奔，当他停下来的时候发现前面有一棵苹果树。他高兴极了，忘了害怕。他摘了几只苹果一路走，一路吃，因为饥饿而疼痛的胃慢慢地不疼了。

"到了学校，他的苹果只剩下一只了，他就把最后的这只苹果插在栅栏的一根柱子上。

"一整天，他透过窗户可以看到许多小鸟过来吃他插的苹果。那些小鸟快乐地围成一个圈，环绕着操场。鸟儿们时不时地离队啄一口苹果再归队。慢慢地，小男孩觉得因为愤怒而疼痛的心也不疼了。

"时间一天天地过去了。每天，男孩都从苹果树上摘下来一个苹果放在篱笆上给小鸟吃。终于有一天，他想看看树林还有没有其他的树。

在寻找的路上，他发现了那个老师的包放在树林的地上，压在潮湿的课本下的正是写着他的愿望的日记本。他记起了曾经的那个愚蠢的愿望，在想是不是因为自己的愿望老师才离开学校的。但是他只想了一小会儿，就不想了，因为他已经长大了。"

"懂事了？"拉里问。

"你觉得呢？他拿出了那些课本，把它们晒干。每天下课他就在操场上自己读这些课本。"

"干吗不回家看？"拉菲尔笑着问。

"回家会挨揍的！"德里回答。我看着他，也许大家都看着德里，甚至连波迪小姐也是。

"现在，有一匹马也过来吃那只苹果。但是只吃一两口，然后就绕着空地飞快地奔驰。你们知道对一个小男孩来说，这匹马跑得有多美吗？

"又过了很长的时间。你们知道很长的时间过去会发生什么事吗？"

"人们变老了！"萨琪亚说。

"有的人死了！"瑞秋说。

"对，有的人老了，有的人死了。男孩也长大了。他的爸爸死了，新老师也退休了，搬走了。有一天学监来了，就是学校里最大的头头儿。他问了学生几个问题，男孩回答得棒极了。学监问男孩愿不愿意毕业后留下来当老师。男孩说："愿意！'

"秋天又到了，树叶开始纷纷落下。"波迪小姐拿起了几片枫叶轻轻地把它们丢在地板上，就好像叶子落下的样子。"有一天，教室的门开了，一个年轻人坐在讲桌后面，虽然刚刚长出胡子，但是他的学问已经很多很深了。没有人知道他就是那个曾经成天饿着肚子、挨爸爸的皮鞭、站在桌子上捶自己胸膛的捣蛋鬼，没有人知道他曾经'希望'他的老师离开，也没有人知道为此他是多么的后悔悲伤。他仍牢牢记得，护栏上的那颗苹果，和天天来吃苹果的小鸟和马儿。

"他站在教室的门边，拉响了上课铃，操场上的孩子就都跑回了教室。其中有一个满脸雀斑的小女孩，她的头发是棕色的，直直的棕色头发；她的皮肤也是棕色的，阳光亲吻过的棕色；她的笑容和嘴巴都是大大的，好像是被脑袋后面紧紧的马尾辫扯大的一样。"

"这就是第三个愿望！"安吉丽娜轻轻地说。

波迪小姐笑了，"小女孩手里握着一个又大又圆又红的

苹果。她把它给了站在门口的老师。

"'为什么把它给我呢?'她的老师问。

"'因为我还是一只鸟的时候你每天都给我苹果吃,我是一匹马的时候,你每天也给我苹果吃。现在我要把这个苹果给你!'"波迪小姐从她的讲桌上拿过一个苹果放在了德里的桌上。德里看着波迪小姐的脸,然后假装没看见这个苹果。

"每天,小女孩都给她的老师一个苹果,只为了报答那个曾经的小男孩对小鸟和马儿所做的一切。但是别的孩子不知道,还以为她想让老师偏爱她才送苹果,于是大家就都开始给老师送苹果。但是在老师的心里,那个曾经是他老师的小女孩才是他最喜欢的。日子一天一天过去了,曾经是小男孩的老师和曾经是老师的小女孩都幸福地生活着,他们的幸福是那么那么多,多得都不再需要任何'愿望'了。好,没了。"

"这算什么故事?"德里问。

"我编的,"波迪小姐说,"根据我的一个梦编的,你喜欢吗?"

"要是你编的,这个故事就不是真的,是吧?"里昂若有所思地说。

不，是真的。我想。只要我写下它，它就是真的。有一
个女孩希望它是真的，所以它是真的。

"我喜欢！"萨琪亚说。

"你什么不喜欢？"德里马上说。

"这是个童话。"安吉丽娜说。

"可是这里面没有神仙或者精灵啊。"薇罗尼卡说。

"这是一个'为什么'的故事，"巴黎说。波迪小姐告
诉过我们，"为什么"故事就是讲一件事为什么是这样结果的
故事。"这个故事告诉我们为什么教师节要送老师苹果！"

"也许你们说得都对。"波迪小姐说。

"也许他们说得都不对，"萨琪亚说，"我觉得更像一
个寓言。"

"寓言最后总会告诉我们一个什么道理的。"埃尼提醒道。
萨琪亚吸了吸鼻子不吱声了。

"那么如果这的确是个寓言，它告诉了我们什么道理
呢？"波迪小姐问。

大家都静静的，想着答案，没在想的孩子就看着别人在想。

"要来的总会来！"拉里说。

"以牙还牙！"拉菲尔哼哼道。多米尼克发出"切"的一声。

波迪小姐没理他们的"哼"和"切"，"拉里，试着想一些你们自己的话，而不是总是重复别人的话或者是已经说过的话。"

我们开始想别人没说过，自己也没说过的话。

"梦想总会成真！"露兹最后说。

"不错。"波迪小姐说，"但是我可不敢打这个包票，因为现实毕竟是现实。还有别的吗，孩子们？"

"愿望是有力量的！"多米尼克说。

"非常好！"波迪小姐说。

"世界在变化，我们不可能永远都是一个样子，"克罗地亚说，"就像，我们不可能永远都是孩子！"

"这个也挺棒，还有呢？"

"学校是一个神奇的地方，事物在这里发生变化，梦想在这里成真，"巴黎慢慢地说，"在这里你成长，只要你愿意。"她的声音温柔得像趴在你的肩头在跟你说悄悄话，而且我想她说的是对的。

波迪小姐拿出了"快乐盒子"。我们都妒忌地看着巴黎从里面挑了一枚贴纸。"别人呢？"我们都互相看着，但是巴黎的答案已经很好了，不是吗？她都得了"快乐盒子"里的贴纸了。可是波迪小姐就是不罢休，"告诉我们什么道理了？"我们一致地安静。我的双手搓来搓去，最后我开始慢慢地抬起了我的胳膊。

下课铃在这时刺耳地拉响了。

"喔呵！"波迪小姐说，"把标本夹收好，可以回家了！"

"花了这么长时间就讲了个故事！"克罗地亚略带责备地嘟囔着。

"你想要我道歉吗？"波迪小姐问，"好吧，抱歉孩子们，今天没有时间写日记了，回家写好吗？当然，如果你想写的话。今天就写写你们的'愿望'！"我们都噼里啪啦地起身，收拾书包，准备离开教室。我想象着大家在日记本上都写些什么：

> 我希望有一个贴纸城堡，城堡里面有一间，不，
> 好几百间专门装贴纸的房间，还有一个独角兽，
> 我可以骑着它到处玩……
>
> ……
>
> 我希望我可以隐形，这样我回家的路上就不会
> 总是有人找我的麻烦……

……

我希望我放学回家后不用再照看弟弟了，我从来没时间和别的孩子玩……

……

我希望有一个长得和我一模一样的机器人，然后考试的时候他就可以来替我考……

……

我希望我是"全美女子职业篮球队"的明星队员……

……

而我只想到了我的档案记录。

我想要我档案里的那些信……

我们走之前总会把椅子翻到桌面上，每到这个时候，总是吵得不行，今天也不例外。波迪小姐的声音几乎被淹没其中了，而我也从白日梦中醒过来。多蠢的愿望啊。我有那么多"愿望"要实现啊！比如想要一百万美元，想看看波迪小姐的衣橱，然后从里面挑出我最喜欢的穿在身上，想让爸爸回家……这些愿望我都没写，却写"我想要档案里的那些信"这种傻到家的"愿望"……

匆忙中我在日记本上画了一个秘密符号交了上去。

波迪小姐像每天放学一样站在门口，跟我们说"明天见！"瑞秋留下做值日，先擦黑板。

波迪小姐拉住了要走出去的我，"我看见你举手了，你想回答我的问题，你觉得故事告诉了我们什么道理？"

"巴黎已经说了！"

"是吗？"波迪小姐靠在门框上双手抱在胸前，一副根本不在乎的样子。"同一个故事对不同的人来说，有不同的意义。"

我应该告诉她吗？我盯着地板问自己。她就在那儿等着。我也等着，但是我想告诉她。"人们认为男孩是这样的，但是每个人心中都有一个秘密的自己。"我说。

"哈！"她说，"有趣，那你的心中有'秘密的自己'吗？"

"没！"

"她有！"瑞秋前所未有地大声喊道，从教室的另一边，但是连头都没回。

"是的，我有！"我只好改口。我不敢看波迪小姐。"但是只有你和瑞秋知道，只有你俩！"瑞秋听到这里，突然回过头来，给了我一个波迪小姐常有的微笑，抿嘴的微笑。

波迪小姐也挂着这样的微笑。"我不知道你有没有，但是我知道这个'秘密的自己'是很难藏得长久的，尤其是当她很优秀的时候。比如说你，就开始露馅了！"我抬头看着她，脸红得像盆火。波迪小姐虽然在微笑，但是我从她的眼睛里可以看出，她是认真的。

我走出教室的时候，走廊已经空了，但是我看见巴黎和露兹正倚在墙角。看见我出来她们都抬起头盯着我。午后的阳光透过窗子洒在两个人的身上，形成了长长的影子。她们是来揍我的，我想。她们俩都很瘦，但是毕竟是两个人，如果她们还戴着戒指，我就死定了。我还是往前走了，但是我清楚地听见心脏的每一次跳动。

"嗨！"我尽可能地显得很勇敢。

"嗨！"巴黎回应我，但是她很不自在地看了露兹一眼，而露兹则更不自在地回看着巴黎，她的手指还紧张地扭着自己的衣角。好啊，这种打架的开场还是很礼貌的，我想。天，我竟然要挨学校里最优秀的两个女孩的打，我究竟该怎么办？

"我们想……"巴黎说，"我们想组织一个课外小组。"

嗯？

"把一些爱读书的人组织在一起。"她继续说。

"还有喜欢贴纸的人。"露兹补充道，"你喜欢贴纸吗？"

我看着巴黎，她正噘着嘴。"是吧！"我回答。

"我知道你喜欢读书。所以我们想……你要不要参加我们的小组？"巴黎说。

"还有谁？"

"就我们俩！"露兹说。

"现在就我们俩！"巴黎赶快补充，"只要是想参加的都可以加入，是吧，露兹？我们不想把谁排除在外。"露兹的头一会儿点，一会儿摇，像个可爱的拨浪鼓。我也跟着她摇来点去的，当然我们都明白我们动作的意思。

"那，第一次聚会是什么时候？"我问。

"不知道，"巴黎说，"我们一会儿回家的路上说吧。我们俩跟你同路。哦，对了，你这个周六去图书馆吗？"

"当然，"我说，"而且，我妈妈在餐厅工作，我们开

完小组会议后可以去那里，吃免费的煎饼蛋糕。"

"喔！太棒了！"她俩看起来高兴极了。

耶！太棒了，我在心里大声地喊道。

我的愿望

——德里·塞克斯

好吧，我承认，我是孤儿！我希望有个朋友！

你不是孤儿，你有你的妈妈，还有，

你已经有一个朋友了。

我写了这个秘密的标志，你不能看我的日记

你不是狗屁朋友

我有偷看的习惯，怎么着吧！

我不是你的朋友，我是你的盟友。

我妈妈不是我的朋友，她是我妈

我写不出什么东西可以得 80 分

你其实在班级里已经有一个朋友了，

只不过你还不知道。

为什么不斜眼看看你的旁边呢？

我也写不出什么可以得 80 分。

等等，我觉得，

如果我教会你如何使用标点，

也许你会得 80 分哦！

我怎么能斜眼来找朋友呢？

我实在没办法一直斜着眼睛还能看到朋友，

你能帮我斜眼吗？你那么好，一定可以斜眼很

久，帮我找到我的朋友的，是吗？

哈哈！

特别的女生
萨哈拉

CHAPTER 12

名字的由来

"我想我讲给你们的故事已经够多了，多得都可以撑死一头小猪了。"波迪小姐边做鬼脸边说，"我现在想听你们给我讲故事。还记得上周你们的日记题目是关于你们的名字是怎么来的吗？应该有人愿意把他的故事大声念给大家一起分享吧！"

大家都很兴奋，当然，因为平时我们是看不到别人日记上写什么的（虽然我昨天下午又偷看了德里的日记）。波迪小姐把日记本发到我们手里，几个平时比较积极的同学扬着手，叫着："让我读！选我，选我！"我想象着我也这么举手，想象着然后波迪小姐选我来读，我必须要当着大家的面读，可是所有的孩子都嘘我，还往我脸上扔纸团儿。所以我不但没有举手，反而把自己的身体缩得小小的，藏在桌子底下。但是，我还是很想听听他们都写什么了，或者说，我很想知道他们的名字到底有什么有趣的来历。

"埃尼？你举手的动作可真够轻的啊！"没被叫到的男生都发出妒忌和不服气的怪叫。"上来，站在前面给大家读，我们能听得更清楚些！"

"我的全名是欧内斯特·美亚·二世，"他认真地读道，"我的名字是以欧内斯特·美亚·一世取的，这是我舅舅的名字。他在芝加哥当消防员。他是我们家在美国生的第一个孩子。他给了我们的家族很多的帮助。他从来没在工作期间遭遇意外，但是他有一个朋友死了。他告诉我，每次救火的时候他都会尽力救那些宠物。我觉得我的舅舅非常勇敢，我也非常骄傲我的名字来源于他。"

他停住，看着波迪小姐，我们知道他读完了。

"觉得怎么样？"波迪小姐问。

"你的叔叔埃尼听起来很可爱！"玛莉亚说。

"没错。"珍妮和克罗地亚附和道。

"你的埃尼舅舅多大了，埃尼同学？"波迪小姐说。

"30 岁左右吧。"

"哈，女孩们，对你们来说太老了！"波迪小姐说，"当然，对我来说也太年轻了！"

"你多大了？"萨琪亚问。

"你是指生理年龄还是教学年龄？"波迪小姐冲萨琪亚眨了眨眼睛，然后很快就开始叫别的孩子说说他们的评论。

"真不错，他还去救那些猫咪呢！"拉里说。

"是非常好。"波力斯说。他几乎从来不在课堂上发言，不过现在他正咧着大嘴看着他的朋友埃尼，就像一个骄傲的爸爸一样。埃尼的脸红了。

波迪小姐看起来特别高兴。"读得非常好，写得也非常好，祝贺你，埃尼！"下面响起了稀稀拉拉的掌声。"还有谁的名字是来源于你们的某个家庭成员吗？"很多孩子都举起了手。

"真不错，这样的名字都有历史！巴黎，你的名字也应该有点历史，对吧？来，上来给大家讲讲！"

"我的名字是巴黎·麦克格雷，我爸爸和我妈妈用法国首都给我取的名字。这是个充满了爱和浪漫的地方，巴黎人都喜欢吃一种煎饼叫 CREPES（可丽饼）。我知道制作的方法，妈妈在家做过。他们还喜欢卷毛狗，甚至让狗狗在餐厅里和他们一起吃饭，像人一样。巴黎有一座埃菲尔铁塔，还有好多的教堂，好多艺术家也住在那里。包括约瑟芬·贝克，他是个行为艺术家，很早以前就敢在大家面前跳裸体舞。"

"喔！"拉菲尔叫道，"我要去伦敦，我要去法国！"

"这个国家非常国际化，"巴黎接着念，"而且那里的人都说法语，所以我希望我在高中也能学法语。我妈妈和我爸爸从来都没去过法国。他们本来正准备要去的，但是我妈妈刚刚好怀孕了。这对他们来说真是个惊喜，因为他们已经有四个孩子了。他们需要更多钱来养这个孩子，所以就没办法去法国了，但是妈妈说既然我们去不了巴黎，就让巴黎来咱们家吧。所以就给我取名'巴黎'。总有一天，我要自己站在埃菲尔铁塔上，冲下面正在吃煎饼的爸爸妈妈挥手。那将是幸福的一天。完了！"

"写得真棒！"薇罗尼卡说。

克罗地亚好像不太同意，在一边哼哼道："跳裸体舞！还让狗去餐厅吃饭！巴黎听起来脏死了！"

"得了，克罗地亚，别说话，"坦尼亚说，"你知道自己说什么啊？"

克罗地亚气得腮帮子鼓鼓的，"同学！我去过法国，我的法语也说得很好！！！"

克罗地亚这么说，的确不太聪明，因为教室里有一位女士的名字本来是我们都发不准音的法语词，她叫波依迪尔。

"Est—ce que c'est vrai? As—tu mang é un croque—monsieur quand tu as visit é ? Moi, j'adore les croques—monsieurs, presque plus que les crepes."

"对不起，"克罗地亚吸了吸鼻子，"我只会说北方口音的法语！"

"Naturellement（当然），"波迪小姐天真地说，"我只是问你觉得那份烤乳酪好不好吃？"

"我觉得他们脏极了！"克罗地亚气乎乎的说。

"是吗？可我觉得超好吃！我也觉得你的文章超棒，巴黎。非常浪漫！法兰西万岁！"我们都使劲地鼓掌，倒不是为了真的觉得巴黎的文章好，而是想表示对克罗地亚的不满。

"巴黎·麦克格雷万岁！"多米尼克欢呼。

巴黎非常有礼貌地鞠躬，向大家的掌声表示感谢。

"我希望我能有一张去法国的机票！"凯丽说。

"你也想去吗，凯丽？"波迪小姐问。

"那倒不是，我只是想把克罗地亚扔到法国去，省得她在这里叽叽喳喳说废话！"

我们都笑了。"好了好了，"波迪小姐说，"在课堂上要对待别人礼貌些！"她并没有责怪克罗地亚在说谎，凯丽也说了"对不起"，但是她好像是在向波迪小姐道歉，而不是向克罗地亚道歉。我觉得克罗地亚很可怜，不，也许只有一点点可怜吧。

"巴黎并不是班里唯一一个以城市取名的人哦！是吧，萨哈拉？愿意给我们读读你写的东西吗？"

我？我几乎已经一年没站在教室前面发出任何声音了！也许都有两年了。难道波迪小姐不知道吗？突然，我想如果波迪小姐是那种会在开学前看看学生记录的老师就好了！

"萨哈拉？"

波迪小姐又叫了一遍我的名字。我想站起来，我想用双腿走到前面去，可是我的腿就像是两根不会打弯的棍子，或者是两块马上要融化的奶糖，反正我就是站不起来。

"快点，萨哈拉！"波迪小姐在催我。

"萨哈拉，快去啊！"巴黎也在旁边焦急地发出声音。

我看了看瑞秋。她微笑着，兴奋地冲我点了好几下头。

"你不去，我可要上去了！"克罗地亚叹了口气，好像我给她造成了很大的不便。"克罗地亚·卡朋特：七大洋的红宝石。"

"萨哈拉，赶快站起来，把你写的破玩意儿念念，有啥难的啊？"凯丽叫道。我觉得我快晕倒了！

我低下头看着我的日记本的封面。我感觉得到所有人都在盯着我，都在咒骂我的胆小。"我还没看有没有错字呢！"我低声说，没抬头。

波迪小姐耸了耸肩，"你觉得那个重要吗？"

"这是私人的秘密。"这个借口烂透了。

"好的作品都是私人的秘密。"她没理会我的借口，"就当你读的是别人的东西，你行的！"

"我写得很糟，"我几乎是哀求，"而且很长。"

"很长？有我们等你的时间长吗？"波迪小姐的语气还是那么轻松。我像个无路可逃的猎物，终于抬起头看着全班同学。"深呼吸。"她说。我的确需要深呼吸。

"我的名字是萨哈拉·琼斯，"我开始读。

"大点声！"她命令道。

"我的名字是萨哈拉·琼斯，"我又说了一遍。

"再大点声，有点感情！"

我咽了口唾沫，"我——的——名——字——是——萨哈拉·琼斯！"与其说是读，还不如说我在喊。

"好极了！"波迪小姐说，"接着来。"

我知道为什么我出生的时候爸爸非要给我取"萨哈拉"这个名字。他一定认为，用非洲最大的沙漠给他的女儿取名，会让他的女儿与众不同。然而，我的与众不同在一天一天地消失，至少对我爸爸来说是的。因为三年级的时候，他离开了我和妈妈。我们不知道他现在在哪儿。

他离开后，妈妈把我们的姓都改回到她结婚前的姓——琼斯。"你要是想把名字改了也可以，亲爱的，只要你愿意！"
她跟我说，"我们不需要那个臭男人的任何东西！"

我对自己的名字并不反感，也不完全同意妈妈的想法，但她的话还是影响到了我。而且并不是什么时候你的妈妈都允许你改名字。"好吧！"最后我说，"叫我莎琪娜吧！"

"莎琪娜？"我妈妈皱了皱鼻子。

我听到班里的人在笑。我紧张了一小下，但是很快就回过神来接着念。

"詹尼弗？"

"好了，宝贝，我知道你在开玩笑，"妈妈说，"认真一点好吗？名字是要跟着一个人一辈子的。"

那几天，我没事就想名字的事情，想了很多很多奇奇怪怪的名字。爱莎，坎达丝，桑德拉，卡米拉，莎隆达，多丽思，丹妮丝……想得我脑袋都大了两圈。

有一天，我们上自然科学课的时候，老师给我们放了一段关于非洲撒哈拉沙漠的录像。班上有人笑了，并指着我说，我的名字竟然是取自一个沙漠。当然，那堂课上也没有人对那个录像感兴趣，除了我。我就是想看看爸爸为什么用一个沙漠给我取名字，尤其在他离开我后，我就更想知道了。

沙漠上的波纹一波连着一波，就好像在诉说曾经有水的日子。太阳在边缘处落下，夕阳下的滚滚热浪让人想起了海市蜃楼。看起来很平静的沙子底下其实住着不少生命，比如蝎子，大部分是有毒的，还有蛇，它们甚至能闻到人类的气味，还有不知道时间存在的乌龟们。沙漠是神秘的，要想穿越它，你需要一头骆驼。而且你要尽可能地保存体力，保存水分，就像骆驼用它的驼峰做的事一样。骆驼只有在自身储备很丰富的时候才会吐唾沫，这就是它们生存的方式。

放映机在转，我仿佛听见了沙漠上刮过的阵阵狂风，甚至感觉越来越冷，冷到我的上下牙齿开始打架，停都停不住。我不再只是那个叫萨哈拉的女孩，我是撒哈拉沙漠，那个住满了有毒蝎子的沙漠。我开始哭，哭啊，哭啊。

我想是有人看见我哭并报告了老师，因为我只记得老师蹲在我旁边，问："怎么了，萨哈拉？"

我告诉她："我的心脏病可能犯了！"

　　她听到后看了我一眼，就好像她也快犯心脏病一样。她让我张开嘴说"啊啊啊"，就像电视里演的，遇到心脏病人都要先检查她的喉咙。她把我从座位上拉起一直拖到走廊里，可是，好奇怪，我一离开那间教室，就立刻感觉没那么难受了。

　　"我的名字是萨哈拉，"我一跨进门槛跟妈妈说的第一句话就是这个，"萨哈拉·琼斯！"

　　她看着我，那种奇怪的眼神，让我怀疑她当时正在干吞一粒药片。

　　最后她说："真希望，当初是我先想到这个名字的！"

　　自从爸爸走后，我的名字就改了。不是我改的，也不是妈妈改的。去年我接受特别帮助时，有人叫我"特别的萨哈拉"。我知道他们这么叫我并不是出于好意，但是我现在非常喜欢这个名字。我的名字是别人给我取的，也是我自己选择的，而这个选择会改变一切。"

　　"因为当时下课铃响了，所以我就停笔了，还有，也算写完了。"我说。没人说话。"完了。"还是没人说话。

　　我的腿抖得厉害极了，我觉得我得用双手抓住它们我才

站得住。我的双手全是汗，心跳的怦怦声清晰极了。我不敢抬起眼睛看大家，就一直盯着手里的日记本。大家静得出奇，难道他们都趁我读的时候出去了？还是我写得太无聊大家都听睡着了？

"觉得怎么样？"波迪小姐说。

安静。我用眼睛的余光瞟到德里好笑的表情。

"快点，"波迪小姐催促道，"我们听完要有反应，对不对？"

"你想要我们说什么？"安吉丽娜终于开口。

"嗯，我认为，我有点想法，"克罗地亚清了清喉咙，"我觉得她只是说了'我终于知道了我的名字的由来'，而不是'我终于知道了我的名字是什么'。"

麦克尔反驳的声音语调十足，"那有什么区别吗？"

"当然有，是英文上的差别。"克罗地亚说。

"她讲的是英语。她读了好多挺长的词，"珍妮说，"她怎么知道那么多的词？就像那个，那个什么来着……"

"海市蜃楼！还有有毒的蝎子。"安吉丽娜一副不屑的样子。

"对，对，就是这些！她怎么知道这些词？"

"可不是嘛，像个大人写的，"拉菲尔说，"全是'她说''他说'。"

"我读了很多书。"我小声地解释道。看到了吧，他们不喜欢，他们觉得我写得很怪！他们觉得我更怪！我的确怪！我不停地眨眼睛，我不想在这么多人面前哭出来。

"也许是抄的！"里昂说。

"不，不是抄的。"竟然是瑞秋的声音。我惊讶极了。"今年夏天，她跟我说过，她要当一名作家，还要写本书。"

"写本书？真的书？像图书馆里的那些书？"埃尼的眼睛睁得圆圆的。

"嗯。"我说。露兹探过身子跟巴黎悄悄地说了什么，然后她们俩一起看着我，一脸兴奋的样子。我打赌她们肯定在讨论下次读书小组的聚会活动。

"你的书都讲了什么了？"萨琪亚问。

"别，不许问，"波迪小姐站了起来，"别问作者他们的书都说了什么，如果他们说了，就写不出来了！"

"开始，我觉得很好玩，可是后来我觉得一点都不好玩！"

埃米尔说。

"我觉得写得棒极了！"巴黎大声地叫道。我终于抬起头。

"你的想象力很不错。"拉欣达说。

"我—都—不—知—道—你—能—写—这—么—长—的—文—章！"坦尼亚一字一句地说，"你—的—日—记—本—里—都—是—这—样—的—东—西—吗？"

全班都笑了。如果我不是这么紧张害怕，我也会笑的。

"对不起，我不应该说你是抄的。"里昂说，"我只是觉得，觉得，太好了，真的，萨哈拉，特别好！"

"就是，萨哈拉！"萨琪亚说，"噢哦！"

"我觉得萨哈拉应该得到一枚贴纸！"露兹说。

"她是得到了，"波迪小姐说，"就在她的日记本上。"

"我觉得好长。"拉菲尔说，没人理他。

"好了，萨哈拉的故事告诉我们什么道理了呢？"大家都静下来了，互相看着对方。"埃尼？你最擅长了，你觉得萨哈拉的故事告诉我们什么道理了呢？"埃尼摇了摇头。"别人呢？"

"不要以貌取人！"一个人说。

"谁说的？"波迪小姐紧张地四处寻找，"德里！！我为你骄傲！"她乐开了花，牙齿都露出一大片。德里也笑了，和波迪小姐一样开心，像是在模仿她。

"耶，德里！"拉菲尔说。

"别这么大惊小怪的，行吗？"德里说。

"耶，特别的萨哈拉，这个名字棒极了！"玛莉亚说。

"耶，耶，萨哈拉！"坦尼亚和凯丽同时说。

我脸通红地看着瑞秋，瑞秋只是点点头，恢复到往常对一切都漠不关心的样子去了。但是这一次我不在意，真的一点都不在意。

整个班级都在欢呼。他们的声音这么大，大得把我的心跳声都掩盖住了，但是我仍然能感觉到，我猜波迪小姐也感觉得到。"因为萨哈拉写了这么一篇好文章又给大家分享，我决定任命她为我的'小信息员'，专门帮助我传达信息，好吗？好了，克罗地亚，你等了半天了，应该轮到你了！"

同学们都开始妒忌地尖叫，不过我知道他们妒忌的是我的"小信息员"的职位，而不是我的文章。

"就像我刚才说的，"克罗地亚开始读了，"克罗地亚·卡

朋特：七大洲的红宝石……"

我拿起了信封，快速地走了出去来到大厅，我用手使劲地揉了揉眼睛，无力地靠在大厅的墙上。然后我低下头看信封上的字，里面一定写着"办公室"或者什么房间号码的字眼，不过外面只写了四个字："萨哈拉收"。

我打开了信封。

里面有张字条，上面写"向左转"，于是我左转。

字条又说："走三步"，于是我走了三步。

字条说："再左转"，于是我又左转，我发现我来到了一个大储物柜前面。

学校不让我们把东西放在这个柜子里，因为高年级的同学总是能把锁打开，然后拿走里面不知是谁的午饭。所以这个柜子里现在装的都是一些杂物和旧的课本什么的。

字条说："打开"，于是我打开了柜子。

里面有一盆小小的仙人掌，仙人掌上面还开着一朵漂亮的红色小花，它的后面有一个大大的文件夹，上面写着"萨哈拉"。

我的档案记录夹。

教室门开了。德里走了出来，往男生厕所的方向走，他随手带上了门，直盯着我看，头低着，眉毛低着，皱成一团地低着。

"干吗？"我防备地说。

"是你把那个破诗放在我凳子上的吧！"我尴尬到不知道该不该承认。"我不是孤儿！"他说。

"我知道。"我低声说。

"而且，"他说，"你也不是！"

然后他就走了，吹着口哨，直接进了男厕所。我把仙人掌后面的档案夹取出来，用双手紧紧地抱在胸前。

特别的女生
萨哈拉

CHAPTER 13

我的自传

回到家后，我做的第一件事就是跑进房间，把门锁上。
我一分钟也等不了了。

我拿起整个大信封不停地抖，里面的东西噼里啪啦地掉
在我的床上。最上面是一张从我日记本上撕下来的纸，我记不
得是什么时候写的了。

老师也有秘密吗？

当然。比如说，有的时候，我知道学生想要什么，
我就会偷偷地把他们想要的东西送给他们。这还算
个"好"秘密。老师们也有"坏"秘密，比如在保安

室抽烟被人看见，去见新的校长总是很不自在，还有交骑"飞车"的男朋友，这些"坏"秘密都藏在一个可怕的档案夹里，放在一个秘密的地方，学生一般都找不到。但是，学生的档案夹太容易拿到手了。

　　这张纸的下面是妈妈写给学校的一封信。"我请求学校停止对萨哈拉的'特别教育课程'。"剩下的，都是我写给爸爸的信。

亲爱的爸爸，我想你……

……

亲爱的爸爸，你什么时候回家？

……

亲爱的爸爸，为什么你不带我一起走？

……

亲爱的爸爸，今天是我生日，我许的愿是希望你能回来，但是你没有……

……

> 亲爱的爸爸，妈妈说你以后不管我们了，但是我不相信，我知道你会回来帮助我们的……
>
> ……
>
> 亲爱的爸爸，我觉得我心上裂了一个洞……

我把信一封一封地合上，就像占卜师桌上的卡片一样摆放它们。但是我知道，这些信讲述的不是我的将来，而是我的过去。看到它们，我很难过，但是也很有趣，我竟然还保留着它们。不论我怎么读它们，它们写的都是同样的东西，说的都是同样的故事。

波迪小姐说，真正的主角是那个一直变化的人。

我拿起一封我三年级时写的信，来到窗边。我看到自己一笔一画认真的字体禁不住笑起来。

> 亲爱的爸爸，你能从我的字体上看出来我是个什么样的女孩吗？看到这个能让你回来吗？

窗外的乌云又高又厚又大，跑得还飞快。我打开了窗子，闭上了眼睛，把信放在我的手掌上。当我睁开眼睛的时候，看见它正像小鸟儿一样，翩翩飞远了。

我拿出下一封信，又下一封，让它们都变成鸟儿，直到最后一只。我看着它们高高低低地飞过一栋又一栋砖墙房子，往东，一直往东，可能到了河边。我在脑子中写下了最后一封给爸爸的信：

亲爱的爸爸：

　　我爱你。我想你。我希望有一天你能知道自己错了，但是如果不知道，也没关系，我会学着把所有的这些从我的"档案夹"里扫出去。

　　爱你的女儿：秘密作家

　　永远的萨哈拉·琼斯

我想象着我把这最后的信撕成两半。我想象着碎片随风飞走了，飞过前面的四层小楼，飞过了湖水，飞过了月亮、星星、太阳，飞到了"别的地方"，飞到了爸爸住的地方。

然后，我拿出我的笔记本，写啊，写啊，写啊。不是关于我的痛苦人生，而是讲一个神奇的老师和她的学生经历的"神奇的冒险之旅"，讲一个老师的档案，一个老师的秘密。我写我的朋友和那些爱告密的人，写我的勇气和懦弱，但是第一次，我不用只写真实的事情，而是写所有我希望成为真实的事情。我的笔就像滚动的车轮，唰唰作响。我不知道写了多少页，也不知道写了多长时间。妈妈来敲我的房门，我才注意到太阳已经下山了，我几乎是在黑暗中写字的。整幢大楼都温暖起来，我闻到烤肉的味道。妈妈已经用奶油烤好了土豆和洋葱。她正在做我最喜欢的晚饭。我到底在哪儿呢？

"天啊，亲爱的，你都坐在这里一辈子了。"妈妈按开了灯的开关，冲我眨了眨眼睛。是吗？我觉得像做了一个梦，就像睡美人，睡了那么久，一睁眼就发现自己已经睡了几百年了。我伸了伸握笔的手指，感觉所有的关节都在隐隐作痛。

"晚饭好了。"

"快写完了。"

"你写什么呢？"

"写一个冒险的故事，"我说了实话，"我写了一篇我的

自传！"我很惊讶自己能这么容易就把自己的秘密告诉了妈妈。

"谁的？"

"我的，我的自传，我写我的生活，我的生活很有趣。"我连忙解释。

"我也是！"妈妈的眼睛在放光，"很棒！嗯，那么……"

我没有理会，"我要开始新的生活。"

"你会给我看吗？"

"如果你想看，"我说，"它会出现在图书馆里。"我感觉到她的头发都竖起来了。她是不是觉得我疯了？

我挪了挪我的凳子想回头跟妈妈说，我的书一定会进图书馆，就在 940 栏后面，一定会有一个人在某一天发现我的书，会有人因为读了我写的《我的痛苦生活和精彩历险》而改变，可是我回过头的时候，妈妈已经不在门口了。

吃饭的时候，我听见餐具互相碰撞的叮当声。

"真好吃，妈妈！"我夸奖着，微笑着。她也冲我微笑。然后一直盯着我看了好长时间。她的目光让我很紧张，于是我就一直看着盘子里的肉。

"今天你在学校都做什么了？"

我耸了耸肩。"同学读了他们写的日记。"

"上帝，他们一定是浪费了你的时间，是吧？"妈妈说，"他们读的写的那些东西你早就会了。我觉得你们应该学方程式运算了吧。"然后她就说不下去了，我猜是。半天，她才说了一句，"你长大了！"

"你怎么知道？"我逗她。

"你不爱和我说话了。"她难过地说。

"我爱。"我满嘴土豆。

"我可能已经跟你有代沟了！"

我扑哧一笑，就像她讲了一个笑话，就像我们在说为什么消防员要戴"长筒袜"在头上，或者什么时候大象可以坐在栅栏上喝咖啡，于是她也笑了。剩下的时间我们都没说话，但是都没有停止想事情。

那天晚上，我爬到了妈妈的床上，妈妈并没有像往常一样说"不行"。她搂着我的肩头，就好像怕我会消失了。我盯着天花板，觉得既紧张又兴奋。就好像不管她把我抓得多紧，我最终都要去向"别的地方"。

"给我唱个歌儿吧，"妈妈说，像是在开玩笑，又不像

开玩笑。"给我讲个故事也行。讲讲你的自传？"

我吸了一口气。我想起了那首诗。我轻轻地读给她听，就好像在教堂里唱圣诗：

当我还是个孩子，

我只躲在操场的角落，

自己做自己的玩伴。

我不喜欢娃娃，

我不喜欢游戏，

动物们在我看来也不友好，

鸟儿甚至也飞走了。

如果有人找我，

我会躲在树后，

然后大声地叫："我是个孤儿！"

而现在，我成了所有美好的中心，

写着美丽的诗篇，

倾诉着美丽的梦想！

梦想！就是这个词。

妈妈轻轻地抚摸着我的头，好像要确定我还在她的怀里。对过去的我来说这是安慰，但是，现在，我不再需要了。于是，这成了"额外的奖赏"。

给他一双合脚的鞋

魔法阿姨

萨哈拉在波迪小姐发的日记本上悄悄写下"我是作家"之后，得到的批语是："我相信！"尽管原来那么多人都以为她是灰姑娘，但她为自己找到了鞋子，并且成功地穿上了它！波迪小姐的批语已经不是所谓"赏识教育"可以概括的了。

每个孩子的成长过程，都是寻找属于自己的鞋子的过程，家庭和学校在这个过程中该给孩子助一臂之力，万不能自居王子，拿一只特别尺码的水晶鞋勉强绝大多数孩子。最理想的状态是：给他们每人一双合脚的鞋。

再上讲台时，我也要找找我们班那个特别的"萨哈拉"，或者应该说，是那一群特别的孩子，然后和他们一起去寻找适合自己的鞋，一起成为"所有美好的中心"。

什么样的老师才是好老师

周祥2008-10-15 8:04:00

作品在短短的半天时间内就看完了。不禁赞叹：写的真好，语言幽默至极，内容很贴近我们教师生活（和孩子打交道），真的可以用爱不释手来形容。它让我明白什么样的老师才是好老师——宽容、耐心，什么样的学生都不可以放弃。

给我印象最深的就是波迪处理事情的方式和别人不一样，比如：萨哈拉在日记上只写道"我是作家"，她给的评语是"我相信"。换作是我，一定会让她为自己不负责任的作业付出代价——哭是免不了的。又过了段时间，萨哈拉没有写日记，波迪只写了句"作家需要写作"。她用自己的语言一步一步地诱导学生，鼓励学生，让学生体会学习的快乐，同时让学生充满自信。

甚至在学校派碧丝老师让萨哈拉和德里接受"特殊教育"时，波迪老师和碧丝老师几乎闹翻也不许她的学生出去，并且说："他们很好，我们不需要什么特殊教育，他们很正常。"我认为这件事是整个故事的转折点。而面对这么维护自己，相信自己，爱自己的老师，两位问题人物享受到从来未有过的待遇，从此发生了质变：

萨哈拉：不愿写作—愿意写作—敢于表达—恢复自信
德 里：疯子—说话粗鲁—偶尔交流—上课发言—为人着想

我当了五年老师，没有发现真正意义上的"好老师"，现在碰到了——波迪。虽然也是虚构出来的，但是起码我找到了学习的榜样，这一点感谢张校长为我推荐此书。

萨哈拉不可怕，德里也不可怕，可怕的是轻言放弃的老师，遇到困难就怨天尤人的老师越来越多了，长此以往"校将不校"。

单亲妈妈的自信

凭栏看雨

好书往往是动人心扉的，缕缕微妙的感觉细若游丝从心头轻轻滑过，有些许不经意的却又是真切的触动，让我忘了眼前的世界，心中盈动的全是主人公的情绪，直到读罢合卷，方才恍如梦醒，但那感觉却是畅然的。《特别的女生萨哈拉》就是这样的一本书。

我真的非常敬佩萨哈拉的妈妈。作为一名"特殊学生"的家长，她在校长和老师面前还是那么坚定从容，在我的视野中还是比较稀少的。作为一个单亲妈妈，她能够这么坚定地认为自己的做法是正确的，是因为她充分了解自己的孩子，充分信任和尊重孩子。同时，这也是一种自信，在妈妈的眼里，自己的孩子永远是最美的那个。

孩子家长老师，共同阅读

sfxty

猫捉老鼠似的师生关系，是中国传统的师生关系。而书中的美国特别女生萨哈拉却幸运地遇到了一位播撒绿荫的波迪老师。爱斯米笔下的波迪老师并没有什么奇人异术，她只是要求学生们记日记。这是每个走过童年的人都会有的经历，相似的经历在波迪老师那儿却有意想不到的结果。波迪老师的秘诀只有一个，那就是平等对视、平等交流。只一个平等对视的目光，就换来了一个个阳光的童年，照亮了一个个在黑暗中孤独徘徊的心灵。

希望我们的孩子们在看了萨哈拉的故事之后，不要再因为任何一种原因而躲在黑暗的角落里做自己的玩伴，要挺起胸膛，睁大眼睛寻找那平等对视的目光，去找寻那位点亮你人生的老师。

希望我们的家长们能够从萨哈拉的故事中得到启发，收起那张严肃而冷酷的脸庞，与你的孩子平等对视，点亮他们的人生。

希望我们的老师们不要再吝啬自己的目光，平等对视你的学生，点亮他们的人生吧。

每朵花都有盛开的理由

风聆渡

这是一本童书，对于我们这些成年人来说，没有什么阅读的难度。但，这又是一本奇书，一本震撼我们心灵的书，也许，这样的故事就在我们的身边时时上演，但，我们是不是故事中的那个波迪呢？ 一个与崇高的沙漠同名的女孩，一个被认为是有问题的女孩。特殊的家庭原因使得她与传统的教育格格不入，所以她自闭，她沉默，用无声的语言对抗老夫子式的教育。但是冷漠的外表下是她一颗火热的心，是对一切美好事物的追求。

但幸运的是，她遇到了波迪小姐。是波迪小姐给她带来了明媚的春

天。我特别欣赏波迪小姐，不仅仅是因为她特殊的行为，更因为她有一颗伟大的爱心，一切为了孩子。另外，她也给了我一些不小的启发。我特别欣赏她的"烦恼收集器"，给了孩子一个快乐的空间。我们的学生也天天跟我们生活在一起，我们能和波迪小姐一样给他们一个快乐的空间吗？虽然她做事有点超乎常人，但这并不影响我对她的欣赏与钦佩。每个孩子都有自己的个性与不同的家庭生活背景，一种固定的方法并不是每个孩子都适用的，根据每个孩子的特点对不同的孩子采用不同的方法，会收到意想不到的效果，波迪小姐的经验不就说明了这一点吗？

每一个故事都会有一个完美的结局，每一本书也都会同样地有一个幸福的结局，而这本书也不例外，萨哈拉从一个"行为怪僻"的"笨孩子"变成了一个拥有自己的梦想，拥有自己天地的一个活泼、可爱的小姑娘。我想，这也是我们最喜欢看到的。

可能，我成不了波迪小姐，但我会努力学习波迪小姐，给每一个孩子同等的机会，因为，每朵花都有自己盛开的理由。

另类的老师

草儿2008-10-31 21:27:00

波迪简直就是萨哈拉的天使。这个老师能和每一个孩子交朋友，善于因人施教，寓教于乐。她打开了萨哈拉心灵的窗户，发挥了她的潜能。她是教师中的另类，但她的确赢得学生的喜爱。她懂孩子，走进了孩子们的心灵。

说实话，作为一名教师，我非常佩服这位老师。波迪小姐，她太伟大了，面对那么多"另类"的学生，她有那么多的方法，那么多的耐心去面对。我不知道她所处的大环境是怎么样的，但她取得的教育效果是那样的卓著。特别是她所用的教育方法，可以说，我在我的教育实践中也都用过，但似乎并没有收到那么好的效果。尤其是萨哈拉，一个拥有如此细腻、流畅的文笔的孩子，作为一名有责任感的老师，都该早点发现她的潜能的。

萨哈拉不仅拥有好老师，更有一位好妈妈

Yao Yao

　　大年初三做客时碰到的客人，一位妈妈和她六七岁的儿子。妈妈不停地说着哪个亲戚的哪个孩子考上了什么重点高中、名牌大学，她还用夸赞的语气说开家长会时，儿子执意要爸爸去——因为儿子告诉她，人家的妈妈都很好看，你又矮又胖。从她脸上，我看不出有埋怨，应该是骄傲，骄傲她儿子很会说话。我本想说点什么，说什么呢？告诉她应该制止儿子这样的行为，告诉她这样的事不是拿来炫耀而是该反省的？大过年的，我这不是拆人家台吗？可以想象那以后的气氛有多尴尬。结果，我什么都没说。或许正是千奇百怪的父母才有了这千奇百怪的世界。

　　由此想到了萨哈拉的妈妈——琼斯夫人，她是个好妈妈，因为她一直给予萨哈拉信任和勇气，一直和孩子站在同一高度教给孩子生活的含义。就像萨哈拉自己说的，如果妈妈跟德里的妈妈那样，真是无法想象。我觉得这本书值得更多家长去看的第二个原因也在于此：对比一下琼斯夫人。

　　萨哈拉和德里，两个受过特别教育对待的孩子，他们之前遇到的老

师本身并不坏，只是这些老师不懂教育。遇到波迪小姐，是他们共同的幸运。优秀的教育，不是孩子得了几次满分，智力得到了多大的发展，这只不过是很微小的一部分。它更应该是应对不同个性的孩子，使他们都朝着健康的方向成长，令他们都爱生活。

波迪小姐也在我身边

实验小学五（6）徐犁歌

我喜欢读爱斯米·科德尔写的《特别的女生萨哈拉》。书中有喜欢恶作剧的德里，有萨哈拉的表妹瑞秋，还有与萨哈拉名字来源相同的巴黎。在这些人中，给我印象最深的人是他们的老师——波迪小姐。

看到萨哈拉那么幸运，碰到了波迪小姐，我心里真是为她高兴。其实在现实生活中，有很多老师都是和波迪小姐一样的。像教我们数学的杨老师，她脾气很好，待人很和气，也非常关心我。开学时她鼓励我好好学数学；课堂上随时注意我是不是在认真听讲；当我做错题时会耐心地给我讲解；我生病落下了课，她给我认真地补课；我有一点小小的进步，她就及时表扬我。

我想：要是所有的人都像波迪小姐一样，那么世界就会变得更加美好，希望《特别的女生萨哈拉》得到更多人的喜爱。我爱读这本书！

老师的理想

jx关心粮食蔬菜　2006年6月22日

　　"特别"这个词说了这么多，想想书中的孩子真是那么特别么？看看我们的学校，我们的教室里，也有无数的萨哈拉。他们聪明，好奇心强，但是往往和这个世界早已定好的框框格格不入，甚至也成了"特别"的一个。可是，在这些小小的心灵深处，埋藏着多少故事啊？他们一年年就这么被鉴定着、提示着，强化着，承受了多少的自卑、嫉妒和渴望啊。作为老师，你可以做些什么？应当做些什么？

　　好的老师相信善良真诚和宽容的力量，现实无法磨平他们个性的棱角。他们是《春风化雨》（Dead Poets Society）中温文尔雅的基丁老师，是《放牛班的春天》（Les Choristes）里那个羞涩善良的音乐老师马修，是《皇家俱乐部》（The Emperor's Club）里穿上古罗马袍子的历史老师汉德尔特，是《孩子王》（King of the Children）中的那个知青老杆儿，而现在，是《特别的女生萨哈拉》的波迪老师——将来，是你！魔力来自何方呢？波迪老师说"爱学生不是老师的主要责任，而是一笔额外的奖赏。额外的奖赏要凭你自己的意愿。如果你打心眼里乐于工作、爱别人，你所得到的额外奖赏往往是最令你幸福的。"

　　身为教师，为你的阅读提供了无限的可能，许多时候，你不仅仅是面对书本，你分明看到书中就有你，有你的学生、你的课堂、你的班级，弥漫在你周边的气息。在这出剧目中，你不仅仅是观众，你更是演员，你参与其间，你更是导演，有着左右剧情的神奇力量。

我想拥有自己的一双水晶鞋

嘉兴市实验小学505班
王一诺 2006-06-23

妈妈给我推荐过好多书，我喜欢《阿凡提的故事》《希腊神话》《上下五千年》。最近我爱上了《特别的女生萨哈拉》。它是美国著名儿童文学作家爱斯米·科德尔的经典之作，它是献给孩子们，以及渴望了解孩子内心城市的大人们的最好的礼物。

掩上书，我眼前浮现萨哈拉的那句话："也许诗歌本身就是一种考验，就像灰姑娘的水晶鞋，你穿得上，你就变成了皇后。所以，诗是有用的，但不是对所有人都有用，只有那些'尺码合适的'人才能感受到诗歌的力量。"我曾经有过一段时间喜欢写诗，当我兴高采烈请妈妈欣赏时，她常说一句：学写诗了？一听这话，我的心有点凉。

我也好想拥有自己的一双水晶鞋。我羡慕萨哈拉最终拥有了属于自己的一双漂亮的水晶鞋。萨哈拉在波迪小姐发的日记本上悄悄写下"我是作家"之后，得到的批语是："我相信！"多么令人振奋。她原来可是一个需要特别照顾的学生！校长把她写给爸爸的信——喂了大铁柜，当着妈妈的面说她是个需要特别照顾的学生，而萨哈拉要在众目睽睽之下，在学校的大厅里接受专职教师的特别教育。是妈妈把她解救了出来。妈妈宁可让她留级，也不愿她失去自尊。我喜欢萨哈拉的妈妈，虽然她没法留住萨哈拉的爸爸，但她尽自己的能力关心着孩子，温暖着孩子。我特别佩服她没有因为别人的看法而改变自己对女儿的看法，她没有因为学校的做法而改变自己的信念。她相信自己的女儿，因为她了解自己的女儿，她不会因为别人的所作所为而放弃对女儿的认识。她没有顾及自己的面子而不给女儿面子。要知道萨哈拉在同学、老师眼里她就是丑小鸭、灰姑娘。

　　在妈妈爱的关怀下，在波迪小姐的赏识、鼓励、引导下，她终于为自己找到了合适的鞋子，并且成功地穿上了它！她喜欢阅读，可以说是酷爱阅读，她把自己一次次的作品偷偷地放在公共图书馆940区，希望有一天能有人找到她的书。在波迪小姐的课堂上、故事中、家访中，萨哈拉渐渐认识了自己。于是她拿起笔开始写日记。波迪老师一次次的肯定，一次次唤醒她的学习意识、写作热情。我是个好孩子，爸爸妈妈一直这么认为。所以他们时时以好孩子的标准要求我，这要求是水涨船高。我羡慕萨哈拉。羡慕她妈妈解决问题的冷静，虽然她内心很生气，但她没有采取过激行为对待自己的孩子。我们孩子需要肯定，也盼着得到肯定。家长、老师、同学的肯定、赏识一定会让我们增添信心。

　　我觉得我们孩子的成长过程，其实也是一个在寻找属于自己的鞋子的过程。特希望我们的爸爸妈妈不要以王子自居，拿着那只特别尺码的水晶鞋勉强我们。我们需要一双适脚的鞋子，哪怕不是水晶鞋，我们也会倍加珍惜。

获奖情况

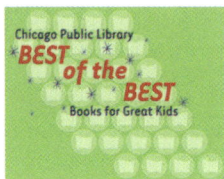

2004 "Best of the Best"
　　　　　　　——Chicago Pulic Library
2004 "最棒、最佳、最好"图书奖
　　　　　　　——芝加哥图书馆

2004 IRA's Children' Book Award
（International Reading Association）
2004 年度国际读者协会儿童读书奖
　　　　　　　——国际读书协会

Dorothy Canfield Fisher Children's Book Award
多萝西·坎菲尔德·费希尔儿童图书奖

The 2006 Rebecca Caudill Award Nominees
2006 年度丽贝卡·考迪尔奖提名

2004-2005 Great Stone Face Children' Book Award
2004 至 2005 年度 "大石像" 儿童图书奖

媒 体 盛 赞

In her first book for children, the author··· shows a keen understanding of classroom dynamics, a finely tuned ear for preadolescent voices, and a lively, original wit···This novel will surely be empowering for reluctant readers and thought provoking and gratifying for everyone.

——Publishres Weekly (starred review)

作者的第一本书就已经显示出她对"课堂题材"的超强能力，到了这本"萨哈拉"，我们已经完全为其倾倒，即使是最不爱看书的孩子也会"一反常态"，而且，它给如我般的成年人带来更多需要思考的问题。

——出版人周刊

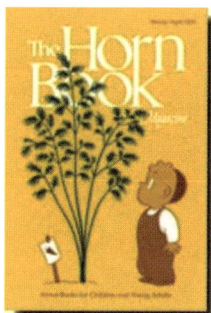

Miss Pointy joins the constellation of fictional inspirational teachers who serve as models for students and teachers alike. Give Codell a shiny sticker from Miss Pointy's Happy Box.
——The Horn Book

波迪小姐为所有的老师树立了一个榜样，真想给科德尔一枚闪亮的贴纸，因为她"送"给了我们一位这样可爱的老师。

——号角图书

It's not about magic, but it is magical··· Sahara lies inside of every one of us, but we are not all lucky enough to have a Miss Pointy.

——BOOK MAGAZINE

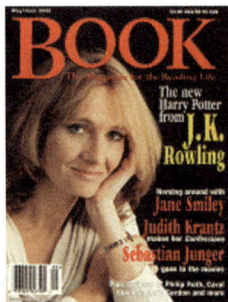

这本书写的不是什么奇人奇事，但是它本身却很神奇……我们每个人心中都有一个萨哈拉，但不是每个人都很幸运，能够替心中的萨哈拉找到现实中的波迪小姐。

——书天堂

Codell's take on fifth graders, teachers, Special Needs students, and mothers is very funny, and underneath the humor glows real warmth and love. A special novel that readers will not be able to put down.

——Amazon.com

五年级的学生，五年级的老师，五年级的"特别需要"和五年级的妈妈，上演着一场既让人发笑又让人觉得温暖的故事。我保证你绝不会轻易放下……

——亚马逊

秘 密 日 记

特别的女生
萨哈拉

秘 密 日 记

特别的女生
莎呤拉

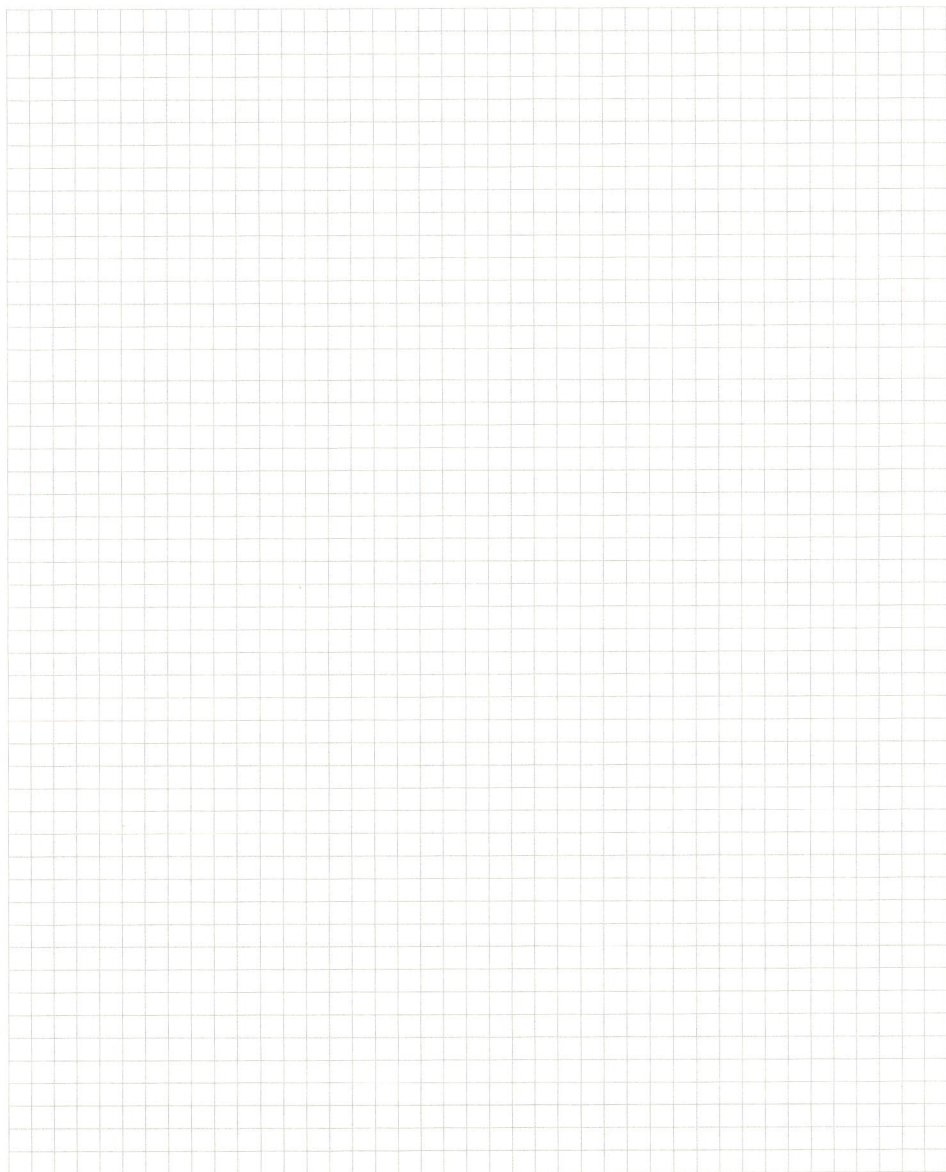

Sahara

Special

秘 密 日 记

特别的女生
莎哈拉

秘 密 日 记